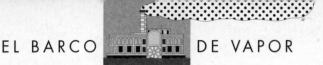

EL BARCO DE VAPOR

El sol de los venados

Gloria Cecilia Díaz

Joaquín Turina 39   28044 Madrid

Colección dirigida por **Marinella Terzi**

Primera edición: marzo 1993
Segunda edición: septiembre 1993
Tercera edición: diciembre 1994
Cuarta edición: julio 1996

Cubierta: *Carlos Puerta*

© Gloria Cecilia Díaz, 1993
© Ediciones SM
   Joaquín Turina, 39 - 28044 Madrid

Comercializa: CESMA, SA - Aguacate, 43 - 28044 Madrid

ISBN: 84-348-3976-8
Depósito legal: M-24653-1996
Fotocomposición: Grafilia, SL
Impreso en España/Printed in Spain
Imprenta SM - Joaquín Turina, 39 - 28044 Madrid

A Dora B.

LOS días que más me gustan son los días de sol o aquellos en los que llueve, pero uno sabe, no sé por qué, que no va a llover mucho porque el sol no se va, se queda ahí, testarudo.

Y si mamá barre la sala en ese momento, el sol se cuela por los postigos de la ventana y el polvo se vuelve como de oro y forma un rayo de luz como los que se ven en los cuadros de los santos.

A Tatá le da igual que llueva o que haga sol. Una vez se fue a caminar en medio de un aguacero y, cuando volvió hecha una sopa, mamá le pegó con una pantufla y le dijo que era una vergüenza semejante grandullona dando mal ejemplo a sus hermanos menores, que estaba buscando enfermarse seguramente para no ir a la escuela.

No me gusta que peguen a Tatá ni a nadie, y a mí menos. Bueno, no me pegan mucho porque soy debilucha y por nada tengo fiebre. Pero hace un tiempo no me escapé de una paliza, con correa y todo. Fue cuando vino la tía Alba a visitarnos. Ella es una mujer muy bonita, con el pelo largo y ondulado, alta y elegante. La tía lucía, muy orgullosa, una cadena de oro que su marido le había regalado. Era una cadena gruesota, con una estrella de David, un señor que está en la Biblia. La tía nos mostró qué resistente era su cadena: ¡levantó una silla con ella! Todos abrimos unos ojazos...

Por la noche, al acostarse, la tía se quitaba la cadena y la guardaba debajo de la almohada. Un día se levantó y se le olvidó ponérsela. Por la tarde vino a casa Guillermo, el hijo de un amigo de papá. Correteamos por todas partes jugando al escondite. En una de esas carreras, Tatá cayó sobre la cama de la tía Albita y levantó la almohada. Por la noche, cuando la tía fue a buscar su cadena, no la encontró. Se puso pálida como la pared y llamó enseguida a mamá. Mamá nos hizo buscar a todos por cuanto rincón hay en la casa, sin resultado. Hasta Nena, tan chiquitita, buscaba o hacía que buscaba, pues ni siquiera entendía a qué se debía tanto barullo.

Cuando papá llegó, se armó la gorda. Nos interrogó como hacen los policías. Tatá le dijo que ella, como Guillermo y como yo, había visto la cadena bajo la almohada. Bueno, sin más ni más, papá se quitó el cinturón y nos pegó con él. Nos mandó a la cama sin comer, y nosotras, que no entendíamos por qué nos castigaba, lloramos hasta quedarnos dormidas.

Al día siguiente, muy temprano, papá fue a visitar todas las joyerías del pueblo y encontró la cadena en la joyería de don Tabaco, que en verdad no se llama así, es un apodo que le puso la gente porque siempre tiene en la boca un cigarro enorme. Papá supo que Guillermo había vendido la cadena a don Tabaco por muy poco dinero. Esa misma suma le dio papá al joyero para recuperarla.

Cuando papá volvió a casa por la noche, miró largamente la cara triste de la tía Alba y le dijo mientras le entregaba la cadena:

—¡Toma, descuidada!

La tía se puso feliz, su cara parecía un sol. Papá y mamá rieron y Tatá y yo nos miramos en silencio. Papá nos había pegado injustamente y no nos pidió perdón. ¿Por qué no nos pidió perdón? Me di cuenta de que siempre son los niños los que deben pedir perdón a los mayores, pero al revés no. ¿Por qué?

Y esa noche los mayores estaban alegres, y Tatá y yo tristes y solas como si estuviésemos en un mundo aparte.

ISMAEL ME DIJO que las brujas existen, él vio una en el patio de don Samuel. Una noche fuimos a apostarnos allá, en el patio, cerca del palo de mangos, a ver si podíamos verla. Casi todos los niños de nuestra calle se enteraron y muchos querían ir, pero Ismael no estuvo de acuerdo y decidió que iríamos por turnos. Primero Tatá, Carmenza, Rodrigo, él y yo.

Las clases se me hicieron larguísimas. La señorita Remedios me pareció más aburrida que de costumbre y me pasé toda la clase de geografía bostezando. Salimos corriendo cuando tocaron la campana, aunque de todas maneras teníamos que esperar hasta las siete de la noche para ver a la bruja, y apenas eran las cuatro.

Cuando llegamos a casa, la abuela nos dio una taza de chocolate con un pedazo de torta, de esas que ella llama «bizcochuelos». Nos pusimos luego a hacer la tarea. Tatá y yo estamos en el mismo curso. Ella es grande para su edad y yo chiquita para la mía, y cuando la gente sabe que estamos en la misma clase, miran a Tatá como diciéndole: «¿No te da vergüenza estar en el mismo curso que tu hermanita?». Creo que eso a Tatá no le importa mucho, porque ella es la mejor en todo: en matemáticas, ciencias, historia, geografía, geometría, hasta en costura. Todas las maestras la quieren. Bueno, las maestras quieren siempre a los mejores alumnos; a los malos, les gritan y a veces hasta los pegan. Qué culpa tienen los pobres de no ser tan inteligentes como Tatá. Además, hay muchos que no son aplicados porque no comen bien: sólo toman agua de panela por la mañana y, a veces, cuando estamos en fila, se desmayan. Por eso, en el recreo nos dan una taza de leche, pero no de leche de verdad, sino de una en polvo que preparan con agua en unas ollas gigantescas. Todas las mañanas hacemos cola para recibirla. Yo la odio, pero me obligan a tomarla. Tiene un sabor horrible y, a veces, la vomito. Ni Tatá ni yo necesitamos esa leche, pues en casa hay leche de verdad y por la mañana comemos huevos, arepas y chocolate caliente. Hasta los niños muy pobres, los que sólo toman agua de panela, la detestan. Una de las maestras nos dijo que debíamos tomarla porque un país muy rico se la regalaba al nuestro. Me pregunté por qué, con tantas vacas en nuestro país, teníamos que tomar esa leche tan asquerosa que, además, era como una limosna.

Siempre hago la tarea pegadita a Tatá. En especial los problemas de matemáticas, que son tan horriblemente difíciles. Tatá me ayuda con los problemas, sobre todo cuando vamos a tener una prueba escrita. Como no quiero equivocarme, pregunto a Tatá sin cesar: «Y si de pronto el problema es así, ¿cómo se resuelve? ¿Y si de pronto es así?». Tatá se arma de paciencia y me explica todos los «y si de prontos».

Mamá nos dejó salir a jugar después de la tarea. Nos encontramos con Ismael y Carmenza en la casa de Rodrigo. Ismael parecía muy serio, tenía cara de profesor o, como dice la señorita Elvira, que es muy estirada, «tenía cara de circunstancias». «Circunstancias» debe de ser algo muy importante cuando hace poner a la gente una cara tan seria.

—Nada de gritar cuando aparezca la bruja —nos dijo Ismael.

—¿Qué pasa si gritamos? —le preguntó Carmenza mientras se comía las uñas.

—¿Qué pasa? Pues que nos arrastra con ella en su escoba o nos convierte en sapos.

Carmenza se puso lívida.

—Yo no voy —dijo con voz temblorosa.

—Eres una gallina —le dijo Rodrigo, que estaba tan pálido como ella.

Carmenza no le respondió y se fue a su casa.

A mí algo me cerraba la garganta y me agarré de la mano de Tatá, que estaba helada.

Nos pusimos en camino. Atravesamos la

cerca que rodea por un costado el solar de don Samuel. La maleza lo cubría todo. A mamá no le gusta que nos metamos allí porque, según ella, nos puede picar un bicho. Llegamos sin problemas hasta el árbol de mango, gracias a la linterna de Ismael. Nos acurrucamos allí alrededor del tronco. Hubiera dado la vida por estar en casa al lado de mamá y de la abuela. «¿Por qué diablos he venido aquí?», me decía para mis adentros. Rodrigo estaba pegado como un chicle a Ismael, y yo, a Tatá. El croar de las ranas me puso la piel de gallina. Esperamos una eternidad. Allá, muy arriba, la luna nos miraba. Pensé que si salía con vida, iría a la iglesia al día siguiente a rezar un padrenuestro frente a la imagen de Cristo, que seguramente debía de estar muy enojado con nosotros por andar metiéndonos con brujas.

—¡Ahí está! —dijo Ismael con voz ahogada—. ¡Ahí está!

Al principio no vimos nada, a pesar de que la luna alumbraba con su cara bien redonda.

—¡Allá, en el árbol de enfrente! —dijo Ismael con rabia, porque seguíamos sin ver nada.

De pronto, oímos una risa y el ruido de una rama al quebrarse. Entonces la vimos. Estaba sentada en una de las ramas más bajas, echando mangos en un saco. Nos quedamos todos con la boca abierta y los ojos como platos, quietecitos, sin atrevernos ni a respirar. Recordé que la abuela decía cuando le contaban una cosa rara: «No hay que creer en brujas, pero ¡que las hay, las hay!».

Pues bueno, ahí teníamos una. No podíamos ver bien su cara, pues tenía puesto un sombrero. No llevaba un vestido negro como yo me imaginaba, sino uno de flores; a lo mejor eso de los vestidos negros es puro cuento.

Una vez llenó el saco, se montó en la escoba y, cuando creíamos que iba a alejarse, vino hacia nosotros y nos gritó:

—¡Os he visto! ¡Os he visto! ¡Muchachitos curiosos!

Nos tiró unos mangos a la cabeza. Rodrigo sencillamente se desmayó. Ismael se puso furioso.

—Y tú que has llamado a Carmenza gallina, más gallina eres tú —le decía mientras le echaba aire con las manos.

Tatá empezó a llamar a Rodrigo con voz angustiada. Rodrigo fue abriendo lentamente los ojos.

—Eres un gallina, Rodrigo. Nunca más te vuelvo a llevar a ningún lado —afirmó Ismael.

—Déjalo tranquilo —le dijo Tatá.

Finalmente, salimos del solar y cada uno regresó a su casa más muerto que vivo. Mamá, en cuanto nos vio, nos preguntó si nos sentíamos mal. Nos dijo que debíamos de estar tan pálidas porque no pensábamos sino en jugar y nos olvidábamos de algo tan importante como la comida. Nos hizo sentar a la mesa, pero a duras penas pudimos probar bocado.

Al día siguiente le contamos a la abuela que habíamos visto una bruja, pero no nos creyó.

—¡La vi con estos dos ojos, abuela! Y la vieron también Ismael, Rodrigo y Tatá.

—Es verdad, abuelita —le dijo Tatá sin salirse de sus casillas como yo.

—¡Cuentos, puros cuentos! —nos respondió.

Me dio rabia. Si hubiese sido una persona

mayor la que lo hubiera dicho, con seguridad la habría creído. Don Silverio, un amigo de la casa, le contó una vez a la abuela, mientras se tomaban un café en la cocina, que en su finca rondaba un aparecido. La abuela puso una cara muy seria y se santiguó mientras decía:

—¡Válgame Dios, don Silverio, el diablo anda por todas partes! Hay que regar con agua bendita los alrededores de la casa.

Y a nosotros, que de verdad verdad vimos una bruja, no nos creyó ni una palabra.

Tatá me dijo que había que tomar las cosas con filosofía.

—Filo... ¿qué?

—Filosofía —me respondió.

—¿Y qué es eso?

—Bueno, quiere decir que uno no debe hacer mucho caso de lo que digan los otros.

No parecía muy segura de lo que me decía. Yo creo que Tatá ni siquiera sabe lo que significa la palabra esa. Seguro que Ismael sí lo sabe.

UNA NOCHE LLEGÓ EL ABUELO, así, sin avisar, como siempre. Venía, como siempre, con su viejo maletín de cuero que parece de médico, y, como siempre, no nos trajo ni un bombón.

Mamá dice que el abuelo es muy pobre. A mí no me lo parece porque es muy elegante y se viste muy bien. Bueno, a lo mejor es que cualquier cosa le queda bien, pues es alto y bonito. La abuela dice que cuando se trata de un hombre se dice «buen mozo».

El abuelo no nos trae nunca regalos, pero nos da algo mucho mejor. Después de la comida, se toma un café mientras termina de contar todas las noticias de la familia. Siempre me parece que alarga y alarga ese momento mientras todos nosotros —los «muchachitos», como él nos llama— lo miramos desesperados. Coqui, que es tan impaciente como yo, le dice:

—Abuelo, ¿ya vas a empezar con los cuentos?

Y el abuelo le echa una mirada y sigue conversando con papá y mamá, y muy poco con la abuela porque hace mucho tiempo que se separaron y casi no se hablan.

—Abuelo, ¿ya casi? —vuelve a decir Coqui.

El abuelo se toma el último sorbo de su interminable café y, entonces, sabemos que podemos acercarnos un poco más.

—Ésta era la vieja estera... —dice el abuelo, dando más largas al comienzo, y a mí me va entrando como una rabia. Al fin, el abuelo empieza a soltar los cuentos y la noche se llena de seres miedosísimos como la Patasola, la Llorona, los ogros que persiguen a los niños y las madrastras malvadas, pero también de reyes, príncipes, princesas y hadas. El abuelo cuenta y cuenta, hasta que papá comienza a toser para indicar que ya es tarde y que debemos irnos a la cama. El abuelo toma entonces una vieja guitarra que rueda por la casa y nos canta una canción del zancudo, un mosquito muy distinto a los chiquititos que pican. El zancudo de la canción es gigantesco, un cazador lo mata y con sus huesos fabrica peines, y con su cuero, muebles. Cada vez el abuelo inventa una estrofa diferente. Medio dormidos, vamos todos juntos al baño por si acaso está por ahí la Patasola o el hombre sin cabeza.

Una noche que vimos reflejada una mano enorme en la pared del patio, salimos gritando despavoridos. La abuela y mamá corrieron a ver qué pasaba y se rieron cuando nos mostraron que «la mano» no era otra cosa que un pañal de José.

Cuando el abuelo está en casa, no salimos a jugar a la calle por la noche. Es más lindo oír todas esas historias que el abuelo guarda en su corazón. Y muchas, como él mismo dice, son de primera mano, es decir, que él las ha vivido. Una vez, por ejemplo, se encontró con la Patasola, hace tiempo, cuando era joven. Tatá se burla del abuelo y no le cree. Yo sí.

Mientras escuchamos los cuentos del abuelo, la abuela Flora oye novelas en la radio. Pega el oído al aparato para no perderse ni una sola palabra. A veces, la abuelita llora oyendo sus radionovelas: así como a mí se me hace un nudo en la garganta cuando leo *La historia de una madre* o *La niña de los fósforos*. Esos cuentos se los inventó un señor llamado Andersen en un país lejano donde hace muchísimo frío; al menos, eso fue lo que me dijo Ismael. Ismael me dijo también que si Andersen hubiese vivido en nuestro pueblo, habría escrito un cuento sobre «los tiznados». Bueno, esto es un apodo que la gente le puso a una familia que vive en nuestra calle, porque uno de los hijos, que es tullido, tiene además una enorme mancha roja en la cara. Todo el mundo los llama «los tiznados», hasta yo misma. Nadie los visita, ninguna persona del vecindario se acerca a esa casa y nadie los saluda. Sólo la abuela saluda a la madre, una mujer alta y muy erguida que a mí me parece muy bonita. Cuando una vez le pregunté a la abuela por qué nadie quería a «los tiznados», me dijo:

—*Mijita*, la gente tiene sus resabios.

—¿Cómo, abuelita?

—No seas preguntona, que ésas son cosas de mayores —me respondió mientras me ponía en las manos un tazón para que la ayudara a escoger las lentejas.

La abuela, como todas las personas mayores, cree que nosotros los pequeños no sabemos nada. Carmenza me dijo en una ocasión que la mamá de «los tiznados» no se había casado y que por eso la gente no la quería.

Cuando paso frente a la casa de «los tiznados», lo hago despacito y veo allá en el corredor de tablas lavadas al tullido que mira el cielo como si contara las nubes. Y me da mucho pesar, y pienso que somos todos muy malos con ellos.

PACHECO, MI PADRINO, es calvo y tiene los ojos azules. Cada vez que viene a casa, hace sonar las monedas que llenan sus bolsillos. Apenas oímos el tintineo, salimos corriendo a su encuentro y él, muerto de risa, no saca las manos de sus bolsillos. Entonces nos echamos todos encima de él y se las sacamos a la fuerza. Y Pacheco, que no para de reírse, dice que se rinde y, cuando se rinde, nos sentamos todos en el suelo y él nos llena las manos de monedas. Sus monedas son siempre brillantes, parecen en verdad de oro y plata. Tatá dice que antes de venir a casa, Pacheco debe de sentarse a limpiar las monedas con una crema especial. Yo no creo; estoy segura de que se ponen a brillar apenas caen en sus manos, porque Pacheco tiene unas manos mágicas. Por ejemplo, una vez hizo como si sacudiera la oreja del Negro en un tarro de lata y salió un chorro de monedas. Me acuerdo de que Nena fue enseguida a mirar la oreja del Negro, a ver si había más monedas.

Ismael me dijo que eso era un truco y que, en realidad, Pacheco tenía las monedas escondidas en la mano. Le dije entonces a Ismael que hiciera lo mismo. Reunimos unas monedas y llamamos a Nena para que nos prestara una oreja. Ismael hizo un pase mágico, pero yo vi caer las monedas de su mano y no de la oreja de Nena. Ismael sabe muchas cosas, pero no conoce nada de magia.

Un día, Ismael me dijo que el miedo puede tomar la forma de un objeto. Este Ismael es un poco raro. Me dijo que había soñado que el miedo era una mesa, una simple mesa de madera que se movía sola y que él quería cortar con un cuchillo. El miedo era tal, según él, que se podía cortar con un cuchillo.

Bueno, creo que así fue el que sentí una vez que entré con mi prima Clara en la tienda de doña Inés, una señora que es ciega de nacimiento. Como no había nadie en el mostrador, entramos de puntillas, abrimos con cuidado la vitrina y llenamos de dulces los bolsillos de nuestras faldas. Ya íbamos a dar media vuelta cuando unas manos de hierro nos agarraron. Era la ciega.

Nos zarandeó y nos vació los bolsillos, todo eso sin decir una palabra, como si además de ciega fuera muda. Me puse a temblar, estaba segura de que, de alguna manera, nos estaba viendo. Desde ese día, le tengo miedo. Mamá me explicó mucho después, cuando le confesé mi falta, que los ciegos oyen más que los demás y sienten más cuando tocan las cosas. Sin embargo, eso no me convenció; yo creo que doña Inés, de alguna manera, ve.

AL ATARDECER, cuando el sol comienza a ponerse rojo, nuestra calle se llena de niños. Unos juegan al fútbol, otros van y vienen con sus patines, otros juegan al escondite. Y a veces hay peleas. La otra tarde, no sé por qué, María, una niña que tiene seis hermanas, insultó a Tatá. Se armó la gorda. María y sus hermanas empezaron a tirar piedras a Tatá, a Rodrigo y a Sergio, nuestro primo, que respondieron de la misma manera. Tatá recibió una pedrada en plena frente y cayó cuan larga es.

Yo, que lo miraba todo desde la ventana, me puse a llorar cuando la vi caer. La abuela vino a ver lo que pasaba.

—¡Jesús, estos muchachos me van a matar a sustos! —exclamó mientras corría a la calle a auxiliar a Tatá.

Mamá, con la cara lívida, salió tras ella. Entre las dos, y con la ayuda de Sergio y Rodrigo, entraron a Tatá a la casa. La abuela le dio a oler un pañuelo empapado en alcohol mientras mamá le limpiaba la herida. Tatá abrió los ojos y la abuela le levantó la cabeza y le dio a beber un sorbo de agua de panela, pues, según la abuela, el agua de panela cura todos los males. En ésas apareció papá, y ahí sí que fue el acabose. Apenas vio la herida de Tatá, dijo que eso no podía curarse así como así y que había que llevar a Tatá al hospital.

—¡Eso les pasa por no estarse quietos! ¡Sólo quieren estar a toda hora en la calle! —decía furioso, pero yo sabía que no estaba tan furioso, lo que tenía era un miedo horrible de que a Tatá le pasara algo grave.

—¡Deje de quejarse y haga algo! —dijo la abuela.

—¡Usted no se meta! —contestó papá.

—¡Basta ya! —dijo mamá.

La verdad es que papá y la abuela no se entienden mucho que digamos.

Papá mandó a Sergio a buscar un taxi y, cuando éste llegó, se fue con Tatá al hospital.

Mamá se quedó mirándolos desde la ventana y, de pronto, se puso a llorar. Corrí hacia ella y la abracé con todas mis fuerzas. Todo, todo puedo soportarlo, pero no ver llorar a mamá. Afortunadamente, mamá no es llorona, porque si no, yo estaría frita. Mamá me acarició la cabeza y luego me dijo con su voz más dulce:

—Vamos a la cocina, Jana.

Y nos fuimos cogidas de la mano.

Como una hora después, regresó papá con Tatá, que tenía un esparadrapo y unas vendas en la frente.

—Le han dado tres puntos —dijo papá.

—También me han tomado una radiografía —dijo Tatá con aires de importancia.

Mamá miró a papá como preguntándole algo.

—No, no te preocupes, que no es nada grave —dijo papá.

La abuela los miró aliviada y trajo luego una taza de café para papá y una de leche tibia para Tatá.

Por la noche, papá y mamá fueron a casa de María a hablar con sus padres. Después, supimos que las castigaron a todas. Papá no se quiso quedar atrás y nos prohibió salir a jugar a la calle durante una semana. Cuando le dije que Coqui, el Negro y yo no estábamos en la calle cuando la pelea, me respondió que la ley era para todos.

Esa noche sentí que quería más a Tatá. A veces, nos peleamos. No le gusta que ande detrás de ella, dice que soy chiquita y que no debo meterme con las niñas mayores. La verdad es que a Tatá le gusta andar con las señoritingas de nuestra calle para poder hablar de novios. A mí no me importa lo que hablen, yo sólo quiero estar con Tatá porque ella es la más inteligente y ella es la que siempre dirige los juegos.

La tarde en la que Tatá recibió la pedrada,

temblé de miedo sólo de pensar en que no se despertara. Y qué habría sido de mí sin Tatá y qué habría sido de nuestra calle, de mamá, de papá, de la abuelita, de la escuela, porque Tatá es un personaje en la escuela, y qué habría sido de Coqui, del Negro, de Nena y de José. Afortunadamente, no pasó nada grave y Tatá está aquí en la cama de al lado durmiendo como un lirón. La abuela dice que Tatá debe de tener el ángel de la guarda más poderoso del cielo. Cuando ya me estaba durmiendo, he sentido las manos de mamá arropándome y he deseado con el alma que ojalá fuera el mismo Dios el ángel de la guarda de mamá.

DON SAMUEL ES UN SEÑOR BAJITO y delgado, que se viste muy elegante y usa siempre un bastón. Es un viejo cascarrabias dueño de todas las casas de la manzana (de la nuestra también) y su casa es la única que tiene dos pisos. La abuela dice que es muy rico y que debe de tener debajo de su cama un baúl lleno de dinero.

Mamá me mandó a casa de don Samuel a devolver una bandeja que le había prestado una de sus hijas. Siempre me toca hacer todos los recados, porque a Tatá no le gusta hacerlos. Y, según mamá, Coqui y el Negro son unos irresponsables y yo soy la única obediente. ¿Cómo podría decirle «no» a mamá? Además, dije que sí porque hacía tiempo que quería entrar en casa de don Samuel. Subí las escaleras un poco asustada. El suelo parecía un espejo de tan brillante. Cómo me hubiera gustado ver así el suelo de mi casa, pero papá no siempre tiene dinero para comprar cera. Me recibió una de las hijas, la que usa gafas y saluda a mamá con mucha amabilidad. Se llama Alicia.

—Mamá le manda la bandeja —dije en voz baja.

—Gracias, Jana.

—¿Cómo sabe mi nombre?

—¿Tu nombre o tu sobrenombre? —me preguntó sonriendo.

—Mi sobrenombre. Me llamo María Juanita, pero cuando el Negro estaba aprendiendo a hablar me decía Jana y, desde entonces, me llaman así.

Alicia volvió a sonreír. Me gustó su sonrisa y la mirada de sus ojos a través de sus lentes de vidrio verde.

Hizo que me sentara mientras ella llevaba la bandeja a la cocina.

Si la abuela hubiera visto esa casa, habría dicho: «Es una tacita de plata». Todo brillaba: el suelo, los muebles, las lámparas, hasta los libros. Había muchos libros y algunos tenían los bordes de las hojas dorados. ¡Qué bonitos eran! Me acerqué para verlos mejor. Había uno muy gordo, *Los miserables* de Víctor Hugo, no se me olvida porque papá tiene un amigo que se llama Víctor Hugo y pensé que tal vez era él quien lo había escrito. Cuando se lo conté a Ismael el otro día, por poco me mata, me dijo que yo era bruta de remate, aunque después me pidió excusas, dijo que yo era muy chiquita para saber quién era ese Víctor Hugo del libro. Me explicó que era un señor que se había muerto hacía mucho tiempo en otro país y que era un escritor muy famoso.

Yo creo que Ismael, cuando crezca, va a ser más famoso que ese Víctor Hugo. Ismael tiene doce años y ya se ha leído una cantidad de libros; además, hace inventos de verdad, sabe fabricar cometas y conoce todas las palabras del diccionario.

—¿Te gustan los libros? —me preguntó una voz que no conocía.

Era otra de las hijas de don Samuel.

—Sí... —respondí azorada.

—Ven, aquí hay unos para niños —y me mostró los que estaban en una vitrina al lado de un sofá de tela de flores.

En ésas volvió Alicia.

—Si quieres, te podemos prestar libros; si vas a leerlos, claro está —me dijo.

—Me gusta mucho leer. Tengo un libro de cuentos de Andersen. Me lo regalaron el año pasado en la escuela. Tengo el de *Aladino* y el de *Hänsel y Gretel*, nada más, y ya los he leído muchas veces, sobre todo el de Andersen. Se me está desbaratando de tanto leerlo. A veces releo las poesías que hay en mi libro de español. También leo las revistas que papá compra, pero no entiendo muchas cosas...

Alicia miró a su hermana y ésta tomó un libro de la vitrina y me lo entregó. En la portada había una niña con un cuello inmensamente largo y, en la parte de arriba, estaba escrito el título en letras doradas: *Alicia en el País de las Maravillas.*

Alicia, la de verdad, me dijo que un señor había escrito hacía muchos años ese libro para una niña llamada Alicia.

—¿Ya se murió ese señor? —pregunté.

—¡Claro, Jana! Hace tiempo.

—¿Ya se murieron todos los escritores? —volví a preguntar.

—¿Por qué lo preguntas? —dijo Alicia sorprendida.

—Porque nadie me ha hablado nunca de un escritor que esté vivo. Todos, toditos están muertos —respondí con mucha seguridad.

Las dos hermanas se rieron. Me dio un poco de rabia, porque me pareció que se estaban burlando de mí.

—No, Jana, no todos están muertos —dijo Alicia.

—Pues nunca he visto uno —dije con terquedad.

—Ya verás uno un día —me dijo la hermana de Alicia.

Finalmente, me despedí y salí con el libro

bajo el brazo, pensando si en realidad había escritores vivos y, si los había, cómo serían.

Le mostré el libro a mamá, que me echó un pequeño sermón sobre el cuidado de los libros ajenos. Casi ni la oí, tan contenta estaba contemplando el dibujo de un conejo muy elegante que miraba un reloj de esos que tienen cadena.

Me fui a un rincón de la sala y me puse a leer. Al cabo de un largo rato, me pareció que alguien me llamaba.

—¡Jana! Pero ¿eres sorda? ¡Jana!

Esa voz me pareció tan distante que seguí leyendo. Alicia era muy valiente. Meterse en una conejera sin saber adónde iba a ir a parar. La abuela diría que Alicia tenía «las enaguas bien puestas».

—¡Jana!

Mi libro desapareció. Era Tatá, que, amenazándome con el libro, me decía:

—Pero ¿es que no oyes? Hace horas que te estamos llamando para comer.

Obedecí sin decir ni «mu», le arrebaté el libro y corrí a ponerlo bajo mi almohada.

Al día siguiente, se lo mostré a Ismael; pero, más que el libro, le interesaba que le contara cómo era la casa de don Samuel y si había tantos libros como la gente decía.

—Hay vitrinas con libros por todas partes. Creo que hay más que en la biblioteca del pueblo.

—¿Crees que a mí también me prestarían?

—No sé; a lo mejor, si yo les hablo de ti...

—¿Lo harías, Jana?

—Si prometes no volver a llamarme bruta.

—Prometido, jurado —me dijo levantando la mano. Luego, miró el libro y me dijo que ya lo había leído.

Estoy segura de que Ismael es de esos que nacen aprendidos. Cuando Dios lo fabricó, debió de meterle todos los libros del mundo en la cabeza.

Nos quedamos sentados en la acera mirando el cielo, que poco a poco se ponía rojo, como si hubiera un incendio allá arriba. Sentí como si tuviese una música en el pecho. Era tan hermoso ese cielo... Ismael tenía los ojos brillantes como si fuera a llorar. No dije nada. Miré hacia mi casa y vi que mamá miraba el cielo a través de la ventana entreabierta. Mamá me había dicho una vez que los poetas llamaban a ese cielo «el sol de los venados», pero ella no sabía por qué. Mamá sabe muchas cosas, aunque no conoce los porqués. Ella dice que a veces el porqué no importa.

El sol se perdió a lo lejos y la noche fue llegando despacito, como de puntillas.

—Ismael, ¿tú conoces a un escritor de verdad? ¿Uno que esté vivo? —le pregunté.

—No, ¿por qué?

—Porque yo jamás he visto uno, y a veces creo que no hay ninguno vivo.

—Sí, sí hay, claro que hay montones, aunque mi papá dice que los mejores están muertos.

—¡Ah, qué lástima...! —dije con desilusión.

—Aquí, en nuestro pueblo, hay uno —dijo Ismael.

Lo miré con los ojos muy abiertos.

—¿Uno de verdad, verdad?

—Sí, es un poeta.

—¿Tú lo has visto?

—No, sólo sale de noche. Dicen que se toma un traguito en uno de los cafés de la plaza y después se va a caminar.

—¿Tu papá lo conoce?

—Claro que sí. Y una vez le regaló uno de sus libros dedicado.

—¿Cómo dedicado?

—Quiere decir que escribió una frase amable y firmó debajo. Mañana te lo muestro, si quieres.

Me puse muy contenta; al menos, iba a conocer la firma de un escritor de verdad.

Por la noche, después de la cena, tuve que arrullar a José hasta que se durmió. Luego, me senté al lado de Tatá a hacer la tarea. Tatá ya había empezado, ya había hecho los malditos problemas. Quise copiárselos, pero me quitó el cuaderno enseguida.

—Jana, si no los haces tú misma, nunca aprenderás.

—Pero es que odio las matemáticas y, por más que pongo cuidado, los resultados siempre me salen mal.

—No debes de poner todo el cuidado que dices.

—Estás hablando como una profesora —le dije furiosa.

Levantó los hombros y abrió el libro de geografía y se puso a copiar un mapa. Eso era otra cosa. Tatá sombrea un mapa y le queda precioso; en cambio, los míos parecen puercoespines todos erizados.

Al día siguiente, la temible profesora de matemáticas me sacó a la pizarra. Me llamó por mi apellido. Odio que me llamen por mi apellido y odio que me saquen a la pizarra. La tiza me temblaba en la mano. Me dictó el problema más difícil que encontró en el libro. Miré a Tatá con angustia. Tenía tanto miedo que no pude hacer ni la mitad de las operaciones. La vi encima de mí. Me zarandeó y me empujó contra la pizarra. Luego, me cogió de una oreja y, de un empellón, me sentó en mi silla mientras me decía que era una bruta.

Empecé a llorar con desesperación.

—¡Silencio! —gritó.

Me tapé la boca. Ahora era Tatá la que me miraba con angustia. Toda la clase estaba en silencio. Yo sabía que todos los niños tenían miedo.

Al salir de la escuela, Tatá me cogió de la mano sin decir una palabra. Apenas llegué a casa, me tiré en los brazos de mamá llorando sin consuelo.

—No quiero volver a esa escuela, mamá. Búscame otra en la que no me maltraten.

Mamá me abrazó muy fuerte y miró a Tatá.

—¿Qué ha pasado esta vez? —le preguntó.

—Las matemáticas —contestó Tatá tristemente.

Por la noche, mamá le contó todo a papá y le dijo que no le parecía normal que me trataran así. Alcancé a oír la respuesta de papá:

—Qué le vamos a hacer. Los maestros saben lo que hacen.

Mamá guardó silencio. Yo sabía que ella no estaba de acuerdo, pero era papá quien decidía.

Me dormí llorando.

Al día siguiente, le conté a Ismael lo que me había pasado en la escuela y le pregunté si de verdad él creía que yo era bruta.

—No, Jana, no lo eres. Si fueras bruta como dicen esas brujas de tu escuela, no serías tan curiosa y no te gustaría tanto leer. A mí me encanta hablar contigo, eres mi mejor amiga; además, nadie pone tanta atención cuando uno habla como tú. Y acuérdate de que nadie lee como tú y de que tus redacciones son las mejores de la clase.

Mis mejillas se pusieron muy rojas, lo sé porque me ardían. Estaba tan contenta que lo de la escuela me pareció como una pesadilla que ya estaba muy lejos.

Por la tarde, no salí a jugar a la calle, sino que me quedé leyendo el libro de Alicia. Al día siguiente, lo terminé y fui a devolverlo.

—¿Ya lo has leído, Jana? —me preguntó Alicia.

—¡Claro! Y voy a contárselo a mis hermanos.

Alicia me llevó a la cocina y me dio un vaso de leche con galletas que olían a vainilla.

—Alicia, ¿puedo llevarme otro libro?

—¡Por supuesto! —me dijo alegremente.

—¿Sabes? Tengo un amigo que se llama Ismael...

—¿El hijo de don Silvestre?

—Sí, ¿lo conoces?

—Conozco a todos los muchachos de esta calle.

—Pero si casi nunca sales.

—Los miro desde la ventana... —dijo con mucha tristeza.

—Ismael también quiere que le prestes libros. Él lee mucho. Lo sabe todo, todo. Conoce todas las palabras del diccionario...

—Jana, nadie conoce todas las palabras del diccionario.

—Ismael, sí.

—Bueno, dile a Ismael que venga él mismo a buscar los libros. Así es mejor.

Cuando terminé con las galletas y la leche, fuimos a buscar otro libro. Apenas llegué a casa, se lo mostré a mamá.

—¡Ay, mi niña! Pareces un ratoncito de biblioteca —dijo mamá mientras me besaba.

Luego, tomó el libro y se sentó a hojearlo a mi lado.

—*Corazón*. Bonito título —dijo mientras se detenía en la imagen de un niño que llevaba una camisa con el cuello rizado, como las de los poetas, según Ismael.

—Pero antes de ponerte a leer, Jana, tienes que planchar los pañales de José.

—No, mamá; siempre soy yo la que los plancha —dije a punto de llorar.

—No, señorita. Ayer los planchó Tatá, y anteayer, la abuela.

Qué remedio, tuve que ponerme a planchar. Lo hice con tanta rabia que quemé un pañal. Lo escondí y, luego, lo tiré sin que nadie se diera cuenta.

Afuera empezó a tronar, cayó un rayo y mamá vino a desconectar la plancha. Luego, comenzó a caer un aguacero de «padre y madre», como dice la abuela, y de pronto la casa se llenó de goteras. Mamá, la abuela y Tatá ponían vasijas por todas partes.

«Adiós, encerado —pensé—. Mañana el suelo va a estar horrible.»

No me gusta ser pobre, no me gusta ese suelo lavado de las casas de los pobres. Quisiera una casa de suelo brillante, una casa como la de don Samuel, y que mamá y la abuela no tuvieran tantas cosas que hacer y que papá tuviera muchos pacientes. Lo que quisiera es que todo el pueblo tuviera dolor de muelas para que fuera a ver a papá. Así tendría mucho dinero y podría pagar sus deudas y comprarnos una bicicleta. ¡Ah! Y comprar mucha cera para el piso de nuestra casa. Claro que primero tendría que arre-

glar el tejado para que no hubiera tantas goteras.

A MAMÁ NO LE GUSTA SALIR casi, pero si
papá la invita al cine, salta de alegría, se quita enseguida el delantal y corre a arreglarse.
Si van por la noche, los esperamos levanta-
dos. Nos asomamos a la ventana para verlos
llegar. A veces se demoran y, entonces, em-
piezo a comerme las uñas.

—¡Jana! Se te van a poner los dedos como
salchichas —me dijo la abuela una noche.

—Sólo me arranco los pellejos, abuela —le
respondí.

—¡Mentirosa! —dijo Coqui.

Le di un puñetazo y comenzamos a pelear.
La abuela se quitó una de sus pantuflas y nos
dio con ella.

—¡Mocosos, no me vais a estropear la noche! —decía mientras nos amenazaba con su
pantufla.

Me puse a llorar de rabia y tiré tan fuerte
del pelo de Coqui que me quedé con un me-
chón en la mano.

—¡Abuela! —gritó el muy cobarde.

La abuela se vino encima de mí furiosa. Salí corriendo, abrí la puerta que conducía al desván de la casa y bajé a tientas las escaleras oscuras. Todas las casas de mi calle son bajitas por delante y altas por detrás, porque están construidas al borde de un barranco. Oí la voz de la abuela llamándome, pero quería darle un buen susto por haberme pegado. Seguí bajando, oí un ruido y empecé a temblar. Vi una sombra blanca allá abajo, una rata me pasó por encima de los pies. Pegué un grito y todo se volvió más negro aún.

Cuando abrí los ojos, vi el rostro de mamá. Quise hablar y no pude. Luego, me di cuenta de que todos estaban a mi alrededor: papá, la abuela y todos mis hermanos. Creí que me había muerto, pues en las radionovelas que escucha la abuela, cuando alguien se muere, todo el mundo se pone alrededor de la cama del muerto.

—¿Estoy muerta, mamá? —le pregunté asustada.

Mamá me abrazó muy fuerte y me dijo:

—No, Jana, gracias a Dios. Te encontra-

mos anoche desmayada allá abajo. Has te-
nido mucha fiebre y has delirado.

—¿Delirado?

—Has dicho cosas raras. Que veías una
sombra blanca. Era por la fiebre.

—Vi un fantasma y una rata me pasó por
encima.

La abuela se acercó y me tomó de la mano.
Tenía lágrimas en los ojos.

—Mamá cree que te desmayaste por su
culpa —dijo mamá.

Me aferré del cuello de la abuela mientras
le decía:

—No, abuelita, no es tu culpa, no quiero
que llores. Voy a ponerme bien, sobre todo
si me haces una «caspiroleta».

Todos soltaron la carcajada.

Lo bueno de estar enfermo son los mimos
de mamá y de la abuela. La abuela lo cuida
a uno con caldos de pollo, huevos pasados
por agua, y con esos batidos de leche, huevo,
azúcar y canela que ella llama «caspirole-
tas». Mamá nos cuida con besos, canciones
y con las historias de cuando ella era chiquita, o contándonos las películas que ha
visto.

—¿Ya has contado la película de anoche, mamá?

—No, Jana, estábamos esperando que te despertaras.

Mamá se sentó al borde de la cama y mis hermanos se le acercaron. Papá se llevó a pasear a Nena y a José.

—A ver, mamá, cuenta —dijo Coqui.

—Se trata de una historia verdadera —dijo mamá.

Y nos contó cómo Helen Keller, una niña ciega, sorda y muda, pudo aprender a hablar con las manos gracias a una profesora que dedicó su vida a educarla. Mientras nos comíamos los dulces —mamá y papá siempre nos traen una bolsa llena de dulces cuando van al cine—, escuchábamos sin parpadear la voz de mamá, que contaba como si ella misma hubiera estado dentro de la película. Al final, hizo que cerráramos los ojos y nos tapáramos los oídos para que supiéramos un poquito cómo se pudo haber sentido Helen Keller.

El Negro se puso a caminar así y se dio un golpe en la rodilla. Pero no lloró. Papá les ha dicho a Coqui y al Negro que los hombres no deben llorar, que eso es de mujeres. Ismael no lo cree; dice que si los hombres tienen derecho a reír, también tienen derecho a llorar.

Me gustó mucho la película y pensé que me gustaría verla después, cuando fuera mayor, porque las películas que pasan en nuestro teatro en sesión de noche no las pasan en la matinal de los domingos.

EL SÁBADO PASADO fuimos al río. Papá preparó desde el día anterior la olla que Pacheco bautizó «de los caníbales» porque, según él, en ella cabe una persona. La abuela compró tres gallinas en el mercado y entre ella, mamá y Tatá metieron en bolsas las cebollas, las papas, los plátanos, el pimentón y todas las cosas para preparar la comida. Coqui y el Negro se encargaron de la gaseosa y de las cervezas. A mí me tocó meter en una bolsa los trajes de baño, los pañales y los biberones de José.

—Ha llegado Roque —avisó Coqui a papá al oír que afuera pitaba un coche.

—Buenas —dijo Roque un momento después desde la puerta.

Roque es el taxista preferido de papá. Es el que siempre nos lleva al río y también a La Rochela, adonde vamos a veces a pasar las vacaciones. A papá casi no le gusta que viajemos en autobús. Por eso, Tatá dijo un día que éramos los pobres más ricos del pueblo.

—¿Por qué? —le preguntó Coqui asombrado.

—Pues porque somos pobres, pero a veces hacemos cosas de ricos —dijo Tatá hablando como una persona mayor.

—¿Qué cosas? —siguió preguntando Coqui.

—Por ejemplo, siempre andamos en taxi. Papá nos manda al cine todos los domingos y, cuando nos vamos de viaje, papá hace parar a Roque en todas partes y nos compra frutas, dulces y juguetes de barro o de paja. Pero a veces tiene que empeñar la radio porque no tiene para pagar el alquiler.

Roque nos ayudó a poner todas las cosas en el maletero de su taxi, que después no se pudo cerrar de lo cargado que iba y parecía un caimán con la boca abierta.

Nos metimos todos en el coche. Papá, mamá y José delante, al lado de Roque. Todos los demás, detrás.

El río no está muy lejos de nuestro pueblo, pero un kilómetro en coche es suficiente para que me maree, igual que mamá.

—Jana, coge una bolsa —me dijo mamá mirándome a través del espejo retrovisor.

La bolsa era por si vomitaba. Hundí la cara en la bolsa. Tenía dolor de cabeza y esa cosa terrible en la boca del estómago, eso que mamá llama agonía, y pensé que uno debe sentir lo mismo cuando va a morirse. No sé por qué grité. Roque frenó en seco y todos me miraron asustados.

Papá me sacó del coche y me dijo como si hubiera leído mis pensamientos:

—Uno no se muere por un mareo, Jana. A ver, respira profundo.

—Pobrecita, está verde —dijo mamá, sin darse cuenta de que ella misma estaba lívida.

Respiré profundo y seguimos nuestro camino; a la vista del río, el mareo se fue. Me encanta el río: el ruido de su corriente, las piedras grandotas, la hierba de la ribera y los sauces llorones que se inclinan sobre el agua.

¿Por eso se llaman llorones? ¿Sus lágrimas caen al río? Otra cosa que me encanta son los bambúes, porque parecen plumas verdes gigantes que el viento mece y mece sin descanso. Cuando sea mayor, voy a vivir en una casa junto al río.

Apenas llegamos, papá buscó tres piedras para hacer la hoguera, prendió la candela y puso encima la olla de los caníbales llena de agua. Enseguida, la abuela se dispuso a ejecutar a las gallinas. La abuela las agarra y tira del pescuezo hasta que las pobres estiran la pata. Corro a esconderme porque me espanta lo que hace la abuela, pero lo olvido pronto porque, cuando papá sirve el «sancocho», el guiso tan delicioso que nos ha preparado, me como los trozos de gallina sin ningún remordimiento.

Cuando la comida estuvo lista, papá cortó hojas de plátano y en ellas nos sirvió. Comimos con las manos, como siempre que vamos al río. Después, la abuela se fue a fumar a la sombra de un árbol. José se durmió en sus brazos, y la abuela no se dio cuenta y la ceniza cayó sobre el cuello de José, que pegó un grito. Todos corrimos para ver lo que pasaba, papá el primero. Cuando vio lo que había ocurrido, se puso furioso y trató a la abuela de irresponsable y de descuidada. Tomó a José en sus brazos y mamá le echó aceite de cocina en la quemadura.

La abuelita estaba desesperada. Ella, tan habladora, no decía ni pío. Creo que es eso lo que los adultos llaman soledad, cuando uno siente, aunque sea por un momentito, que nadie, nadie lo quiere. Cuando uno mete la pata y todo el mundo lo regaña, así como cuando no sé hacer los problemas de matemáticas y la profesora me riñe y me trata de bruta.

La abuela tenía los ojos tan, tan tristes, que yo, en vez de ir a abrazarla, fui a sentarme a una piedra del río y me puse a llorar. La abuela está vieja y no tiene casa; vive un tiempo con nosotros, luego pasa algunos meses en casa de la tía Alba o de la tía Dorita, y así vive, como una gitana, como dice ella. La abuela todavía es muy bonita. En casa tenemos una foto suya de cuando era joven. Parece una actriz de cine. Eso era lo que ella quería ser: actriz de cine. Pero no aprendió ni a leer ni a escribir. Su papá decía que eso no era para las mujeres. Sin embargo, nadie le gana cuando hace cuentas. Nadie sabe como ella curar con hierbas y calditos. También sabe contar cuentos y leer el futuro en el chocolate que queda en el fondo de las tazas. Canta canciones de amor y baila muy bien. La verdad es que no es una abuela como las otras. No se viste de gris ni se peina con moño. Siempre se maquilla un poco, se pone vestidos floreados y zapatos de tacón. Siempre se arregla, aunque sea para quedarse todo el día en casa.

Al rato vi que mamá había ido a sentarse bajo el árbol, al lado de la abuela, y le había llevado una taza de café. Mamá le acariciaba los cabellos y trataba de hacerla reír. Corrí hacia ellas y me eché en los brazos de la abuela.

—Jana... —decía mientras me estrechaba contra ella—. Jana...

Los bambúes se mecían y el río parecía más tranquilo, y mi corazón también, porque la abuelita ya no estaba triste. El pobre José todavía lloriqueaba por lo de su quemadura. La abuela lo tomó en sus brazos y, con mucho cuidado, le restregó contra la piel la barrita de manteca de cacao que siempre lleva consigo. José, que todavía no sabía echar culpas ni regañar, se durmió otra vez en el regazo de la abuela mientras ella lo cubría de besos.

—NO ENTIENDO NADA, ISMAEL.

—Pues claro que no, Jana. Los poetas son como médicos: siempre escriben enredado.

—Pero ¿por qué?

—No sé. Deja, yo te descifro la dedicatoria.

Ismael me quitó el libro de las manos, se puso de pie y leyó:

—«Con mucho afecto para el amigo Silvestre Mejía estas páginas que son como jirones de vida. Luis Robles».

—¿Qué quiere decir «jirones»?

—¡Ay, Jana, me ves cara de diccionario! Jirones son pedazos, retazos.

Pensé que jirones debían ser, entonces, como lágrimas y penas y también alegrías. La profesora de español nos había dicho que eso era lo que los poetas mostraban en sus versos.

Allí sentados en la acera hojeamos el libro.

Ismael leyó una poesía que hablaba de los atardeceres rojos de nuestro pueblo. No entendí ni la mitad, es decir, no entendí con palabras, pero sí de otra manera, porque sentí una emoción por dentro y mi calle se volvió más ancha, y el cielo, más despejado, y me sentí muy contenta de tener un amigo como Ismael, que siempre cumplía su palabra. Me había prometido mostrarme un libro de un escritor vivo y me lo había traído.

Como no quería quedarme atrás, lo llevé al día siguiente a casa de don Samuel. Alicia nos dio leche con galletas y le prestó varios libros a Ismael. Éste iba de una vitrina a otra diciendo:

—Ya lo he leído, ya lo he leído.

—¿De verdad has leído tantos libros, Ismael? —le preguntó Alicia asombrada.

—Sí... Usted sabe, no tenemos dinero. El abuelo tenía, pero lo perdió todo antes de morirse, sólo dejó a papá una finca y una montaña de libros. Mamá me leía muchos cuentos cuando yo era pequeño y, cuando estaba aprendiendo a leer, me decía: «Ismael, a ver, léeme este fragmento». Y los fragmentos se fueron haciendo más largos y no me di cuenta de cuándo empecé a leer libros enteros. Si usted entra en la cocina de mi casa, verá a mamá leyendo un libro mientras pela las papas o vigila la comida.

Alicia pareció muy emocionada con las palabras de Ismael. Pensé en mamá, que apenas tiene tiempo para hojear las revistas y los periódicos que papá lleva a casa. La mamá de Ismael sólo lo tiene a él. Mamá, en cambio, tiene seis niños.

Un rato después, Ismael y yo salimos de casa de don Samuel con nuestros libros debajo del brazo, y no sé por qué me sentí importante, no como cuando estoy en la escuela, donde casi ni hablo, pues le tengo miedo a las profesoras o a las niñas que se burlan de mí porque no tengo una cadena de oro o porque mis lápices de colores no son finos. Con Tatá no se meten porque es la mejor alumna y porque Tatá no tiene miedo de hablar.

UNA TARDE OÍMOS varios disparos. Mamá se aferró del brazo de la abuela y ambas corrieron a la puerta.

—¡Lo han matado! ¡Lo han matado! —gritaba un hombre en mitad de la calle.

La gente salía de todas las casas, las madres agarraban a sus niños de la mano para no dejarlos ir hacia donde iba el tumulto, hacia la casa de Ismael...

Creí que iba a desmayarme. Me sentí mareada como si estuviera en un coche.

—¿A quién han matado? —preguntó la abuela a gritos.

—A don Silvestre Mejía —dijo la señorita Elvira mientras se persignaba.

—¡Jesús, María y José! —exclamó la abuela.

—¡Señor, pobre familia! —dijo mamá.

¡Ismael! ¡Ismael ya no tenía papá! Pero ¿qué va a hacer Ismael sin su papá? ¿Por qué has dejado, Niño Jesús, que esto pase? Ya no volveré a ver los ojos azules de don Silvestre, ni su pelo gris, ni ese gesto que hacía cuando se quitaba el sombrero para saludar. Papá nos dijo un día que don Silvestre era lo que se llamaba un caballero.

Todas esas cosas se me vinieron a la cabeza y no supe a qué horas salté a la calle y me fui corriendo a casa de Ismael.

—¡Jana! —gritó mamá. No le hice caso. Corrí y corrí, me metí entre la gente y vi allá en la acera de la tienda de don Cristóbal el cuerpo de don Silvestre. Vi la sangre que corría en hilitos por todas partes y a Ismael y su mamá, que acariciaban llorando ese rostro sin vida. La gente no se movía, no hablaba, yo creo que no respiraba. Sentí algo en mi pecho como si también yo fuera a morirme, pero por otra herida de la que no salía sangre. Eso debía de ser lo que mamá llamaba una pena honda. Me fui acercando mientras me limpiaba las lágrimas, que salían a chorros. La mamá de Ismael me vio y me miró como diciéndome: «Qué solos nos hemos quedado, Jana».

Me tiré en sus brazos.

—Jana, Janita, qué vamos a hacer, qué vamos a hacer —repetía sin cesar mientras me estrechaba en sus brazos hasta quitarme el aliento.

De pronto, la gente pareció despertar de su silencio y un rumor empezó a agitarla.

—¡Vamos a buscar a los miserables que

han cometido este crimen! gritó don Cristóbal.

La gente se alborotó aún más.

—Cállese, don Cristóbal, que a usted le puede pasar lo mismo —le dijo don Argimiro, un amigo de papá.

—¡Pues que me pase! —y se le quebró la voz y se puso a llorar. Me di cuenta entonces de que Ismael tenía razón cuando decía que los hombres mayores también lloraban.

Don Cristóbal siempre había sido amigo de don Silvestre. Éste iba todas las tardes a su tienda a tomarse una cerveza y hablaban de política. Don Silvestre era concejal de nuestro pueblo y años antes había sido alcalde.

En ésas llegó la policía, que empezó a empujar a la gente y a ordenarle que se retirara. El policía jefe tomó a la mamá de Ismael por los hombros y la hizo levantarse mientras decía:

—Señora, lo mejor es que se vaya a su casa con los niños. Nosotros nos encargaremos de todo.

—¡Ojalá se encarguen de hacer justicia! —dijo ella poniéndose de rodillas junto a su marido. Acarició sus cabellos grises manchados de sangre y besó sus manos rígidas mientras los sollozos la sacudían.

Don Silvestre parecía de cera y se veía inmensamente triste.

Finalmente, nos dirigimos a la casa. Antes de entrar, alcancé a ver a mamá y a la abuela cerca de los coches de la policía.

La casa estaba llena de gente. Doña Rosita, una vecina, dio una taza de toronjil a la mamá de Ismael. Todo el mundo quería abrazarlos. Pero Ismael no quería ni abrazos ni palabras de nadie. Nos fuimos para el cuarto que don Silvestre llamaba «mi oficina» y nos sentamos en el suelo. Ismael miraba el escritorio de su papá y los libros en los estantes mientras las lágrimas rodaban por sus mejillas.

—No llores, Ismael, por favor —le dije casi llorando también.

—Voy a buscar a los asesinos de papá y los voy a matar —me dijo con rabia.

—Deben de ser muchos. Además, te van a meter en la cárcel si matas a alguien —le dije tontamente.

—¡No me importa! ¡Ojalá me mataran a mí también!

—No, Ismael, no digas bobadas. Además, si te mueres le darás una pena terrible a tu mamá y no podrás escribir los libros que quieres escribir y yo no tendré a quién preguntarle lo que no entiendo ni tendré con quién hablar de las poesías ni de los escritores. Y sabes... El abuelo me dijo un día que tenías un nombre muy importante, él lo leyó en la Biblia...

—Quiere decir «Dios escucha». Pero ¿por qué me dices eso, Jana?

—Pues porque creo que alguien con ese nombre tan importante no puede morirse así como así.

—Dices unas cosas, Jana...

—¡Ismael! —gritó una señora muy anciana de pelo totalmente blanco que entró en el despacho y abrazó a Ismael con todas sus fuerzas. Era su abuela, la mamá de don Silvestre. Al principio no la reconocí porque la había visto una sola vez.

Vi a otra persona en la puerta.

—¡Papá! —corrí hacia él y me colgué de su cuello.

—Papá, dime que nunca vas a morirte, nunca, y mamá tampoco.

Me abrazó muy fuerte y con voz temblorosa me dijo:

—Todos tenemos que morirnos, Jana, pero yo espero que tu mamá y yo podamos vivir mucho para ver a nuestros niños crecer, hacerse mayores y defenderse en la vida.

Papá se acercó a Ismael y lo abrazó sin decir ni una palabra. Dio el pésame a la abuela y regresamos a casa en silencio.

No podía quitarme de la cabeza la imagen de don Silvestre ensangrentado, inmóvil como un maniquí.

Por la noche, mamá me dio una taza de agua de toronjil.

—Mamá, yo no quiero que te mueras. Todo el mundo puede morirse, pero no tú, ni papá, tampoco la abuelita, ni Tatá, ni ninguno de mis hermanos, ni Ismael.

—No pienses en eso, Jana.

Mamá tenía una gran tristeza en los ojos y hacía esfuerzos para no llorar.

—¿Estás tan triste por lo de don Silvestre? —le pregunté.

—Sí, Jana, era un gran hombre. Honrado y justo. La política es una porquería.

—¿Por qué?

—Porque todos quieren mandar y no les importa la gente en realidad. Y cuando hay un hombre bueno que se preocupa por el bienestar del pueblo, lo matan.

—Como a don Silvestre... —dije a punto de llorar.

—Sí, pero no pienses más en eso. Vete a acostar ahora.

Fui a buscar a Tatá para que me dejara dormir con ella en su cama. Me dijo que sí sin protestar.

Fue mucha gente al entierro de don Silvestre. Casi todo el pueblo.

Papá no quiso que yo fuera hasta el cementerio y él me acompañó a la iglesia. Cada vez que el coro cantaba, sentía unos terribles deseos de llorar. ¡Qué frío debía de tener el pobre don Silvestre en ese ataúd! Y después iban a echarle tierra encima... ¿Por qué todos no podemos morirnos e irnos directamente al cielo sin ataúdes ni entierros ni flores ni tantas lágrimas?

Ismael, sentado entre su mamá y su abuela, tenía la mirada perdida, como la del abuelo de Carmenza, que parece no estar en este mundo.

—TATÁ, Y SI DE PRONTO nos sale un problema como el del obrero y los ladrillos...

Tatá arrugó la frente y volvió a explicarme el dichoso problema. Al día siguiente teníamos examen final de matemáticas. La abuela me dio una palmada porque me vio comiéndome las uñas. Me puse a llorar. Definitivamente, nadie entendía lo que que era un examen de matemáticas. Era el miedo personificado. Era un monstruo que iba a devorarme, allí, en mi pupitre. Y sin ninguna necesidad, porque cuando sea mayor no voy a hacer nada que tenga matemáticas. Cuando estoy asustada, me como las uñas. Entonces me regañan o me pegan. Sin embargo, a la señorita Elvira, que fuma como una chimenea, nadie le dice nada. El otro día oí que le decía a la abuela, que estaba asomada a la ventana:

—Son los nervios los que me obligan a fumar, doña Flora.

—Qué se le va a hacer, señorita Elvira, qué se le va a hacer —le dijo la abuela comprensivamente.

Ismael, que es el único que de verdad me entiende, no está. En su colegio le han dado un permiso especial para que presente los exámenes después de las vacaciones. Se ha ido con su mamá y su abuela a un pueblecito de la costa donde tienen unos familiares.

—Voy a ver otra vez el mar, Jana —me dijo sonriendo tristemente—. El mar sin papá...

—Nunca he visto el mar, Ismael. Sólo en fotos y en el cine.

—A lo mejor un día podrás ir con nosotros.

Yo sabía que no, que papá nunca tendría dinero para pagarme un viaje así.

Cuando Ismael se fue, me pareció que la calle se había quedado vacía y el sol que alumbraba no me alegró, y por la noche no salí a jugar a la calle, ni siquiera cuando Tatá vino a decirme que me dejarían el primer turno en la rayuela.

Me senté en un rincón de la sala. Papá estaba allí leyendo el periódico. Ni siquiera me preguntó lo que me pasaba. Mamá tampoco, como siempre estaba ocupada con los más chiquitos. No tenía a quién decirle que estaba triste. Tatá lo sabía, pero como yo soy más pequeña, no me hace mucho caso.

La mañana del examen llegué temblando a clase.

—¡Bueno, jovencitos, a trabajar! ¡Y ay del que levante la mirada de la hoja, pues se ganará un buen reglazo! ¡Y al que vea copiando, además del reglazo le pondré un cero! —gritó la profesora de matemáticas.

Las manos me sudaban. Leí las preguntas y los problemas y no entendí ni pío. Cerré los ojos y recé un padrenuestro.

—¡María Juanita, estás esperando que baje el Espíritu Santo! —chilló la *profe*.

Hubiera querido decirle que sí, porque sólo el Espíritu Santo podría entender todos los enredos de las matemáticas, pero no dije nada. Me hundí en mi pupitre y volví a leer el cuestionario, y creo que el Espíritu Santo tuvo compasión de mí porque entonces sí entendí algo. Sin embargo, cuando regresábamos a casa pregunté a Tatá por los resultados de los problemas y me di cuenta de que me había equivocado en varias cosas.

La cabeza me dolía. Me tiré en los brazos de mamá sin decir nada.

—¡Estás ardiendo, Jana! —dijo mamá tocándome la frente.

—No, mamá, no tengo nada —dije con angustia, pues los exámenes acababan de comenzar y no quería perderlos.

—Tatá, trae el termómetro. Esta muchacha tiene fiebre —dijo mamá muy seria.

Claro que tenía fiebre. Mamá me metió en la cama, me friccionó el cuerpo con una loción especial y la abuela me dio a beber uno de sus horribles cocimientos.

—Mamá, yo no puedo faltar a los exámenes —le dije llorando.

—Primero está la salud, Jana —dijo con dulzura.

—Jana, el próximo examen es dentro de dos días. Nos toca el de español y eso para ti es muy fácil —me dijo Tatá.

—Si estoy mejor, puedo ir bien abrigada, mamá...

Mamá me abrazó diciendo que no entendía por qué me preocupaba tanto faltar a la escuela, donde tanto sufría a causa de las matemáticas.

Tatá me ayudó con el repaso del español y pude ir al examen abrigada como un esquimal, porque mamá es una exagerada con eso de las enfermedades.

La profesora de español se llama Ana Mercedes, es regordeta y rosada y tiene unas gafas de lentes gruesos. Sonríe muy a menudo y cuando se enfada se pone roja, como si le diera vergüenza enfadarse. Todos la queremos. Además, nos ayuda mucho. Si le parece que la tarea que hemos hecho es muy buena, nos pone la máxima nota dos veces, así que es raro el que no se esfuerza por hacerla lo mejor posible.

Nos cuenta los argumentos de los libros que ha leído, y cuando en medio de la historia suena la campana para el recreo, nadie quiere salir, pero ella nos obliga y dice que así tendremos ganas de volver a su clase, y es verdad, porque todos queremos saber lo que pasó con la Reina de las Nieves o con el loco de Tom Sawyer.

El examen fue muy fácil. Al menos, a mí me lo pareció. Sin embargo, al ver que un niño estaba «atascado», como ella decía, corría a ayudarlo. ¡Qué diferente de la *profe* de matemáticas!

Cómo no íbamos a querer a la señorita Ana Mercedes si era la más dulce de las maestras... Un día nos dijo que a lo mejor ella tenía entre sus alumnos a hombres muy importantes del mañana. Nos miramos sin entender nada.

—Sí, a lo mejor Julián, dentro de treinta años, será un científico famoso —dijo mirándonos muy seria.

Julián, tan tímido y tan calladito, se quedó como paralizado mirando su pupitre mientras nosotros nos reíamos a carcajadas.

—¡Ah, no! No hay razón para reírse. ¿Os creéis que Bolívar no fue niño? ¿Alguien se imaginó cuando él tenía ocho o diez años que, de mayor, sería un gran general y libertaría cinco naciones?

Nos quedamos callados. Tenía razón. A lo mejor, Ismael será un gran escritor y podrá firmar libros y saldrá en los periódicos.

—A lo mejor, Jana será escritora.

Ella es la única profesora que me llama Jana. Pensé que estaba soñando. ¿Yo? ¿La señorita Ana Mercedes hablaba de mí? Mis mejillas comenzaron a arder. Me quedé quietecita sintiendo encima la mirada de todos los niños. Y pensé que me hubiera gustado que papá y mamá estuvieran allí para que oyeran lo que ella decía.

Ese día, las hojas de los árboles me parecieron más verdes, el cielo más azul, me pareció que la abuela tenía menos arrugas y que papá era menos severo. Por la noche, planché sin refunfuñar la montaña de pañales de José y, cuando me fui a la cama, le supliqué a mamá que me contara de nuevo cosas de su infancia. Mamá lo hizo a regañadientes. Parecía muy cansada, se quedaba dormida a cualquier hora.

Aprobé el curso. Tatá tuvo, como siempre, las mejores notas de todo el grupo y yo pasé «raspando» las matemáticas y la geometría.

Hubo una ceremonia de fin de año en nuestra escuela. A Tatá le pusieron una medalla de excelencia y a mí una de buen comportamiento. No me gustó nada. Si me comportaba bien, no era porque quisiera, sino porque me daba miedo portarme mal. Cuántas veces envidié a Silvia, una niña de pelo castaño y dientes separados, que hacía mil travesuras y que no tenía miedo ni a la directora. Pensé que esa medalla de buen comportamiento era más bien una medalla al miedo o a la bobería.

Pero papá y mamá estaban muy orgullosos. Al volver a casa, papá nos entregó un paquetito a cada una.

—¡No puedo creerlo! —exclamó Tatá, que había desenvuelto su paquete antes que yo. Era un reloj ovalado con una pulsera dorada.

Abrí el mío y descubrí dentro el reloj más hermoso que mis ojos habían visto jamás. Era pequeñito, con un redondel de oro alrededor del cuadrante y una correa de terciopelo negro. Me lo puse temblando. No podía dejar de admirarlo.

ESTÁBAMOS DE VACACIONES. Durante mucho tiempo no tendríamos que madrugar ni hacer tareas. No sabía qué hacer con tanta felicidad. Mamá, por lo visto, sí, pues al día siguiente me llevó a donde don Miguel, el yerbatero. Para mamá, la salud es la felicidad. Don Miguel es un señor muy alto, de pelo negro y ojos también negros. Todo lo cura con hierbas y llama a los médicos «matasanos». Luego de examinarme, dijo a mamá que no fuera a permitir que me operaran de las amígdalas y me mandó unas bebidas de hierbas.

—¿Y usted cómo se siente? —le preguntó a mamá—. ¿Para cuándo es?

—Para junio —contestó ella.

Cuando volvíamos a casa, le pregunté qué era lo que iba a pasar en junio.

—Nada, Jana, es algo de mayores —me dijo secamente.

Los mayores y sus secretos. Todos son iguales: papá, mamá, la abuela, la señorita Elvira, todos, toditos. ¿Por qué hay tantas cosas que no nos quieren decir?

¿Estaría enferma mamá? ¿Iría a tener otro niño?

Fui con la abuela a comprar las hierbas que me recetó don Miguel. En un rincón de la plaza del mercado hay una especie de choza hecha toda de hierbas. Allí se dirigió la abuela. Dentro, un viejo muy viejo metía hojas en pequeñas bolsas.

—Buenas, don Chepito —dijo la abuela.

—¡Ah, doña Flora, qué milagro! ¿Qué la trae por aquí? —dijo el viejo poniéndose de pie.

La abuela le entregó la receta y don Chepito empezó a arrancar hierbas de las paredes y del techo. ¿Cómo hacía para distinguirlas? Mostró un manojo a la abuela mientras le decía:

—Apenas se beba el agua de ésta, cómase un terrón de azúcar, porque es amarga como la hiel.

Pegué un salto.

—Es para la niña —dijo la abuela.

—¡Ay, pobre! —dijo don Chepe condolido.

Ya veía lo que me esperaba.

—No voy a tomarme esas porquerías, abuelita —le dije enseguida.

—¡Claro que sí! Además, no son porquerías, son remedios, y da gracias a Dios que los tenemos.

Puse cara de entierro. De regreso a casa, entramos a la cacharrería de doña Lucila, una señora de pelo teñido y muy maquillada que le fía a la abuela. Mientras se contaban sus últimas dolencias, me puse a examinar la vitrina donde estaban los juguetes. Me enamoré de un cerdito de barro con flores pintadas en el lomo. Miré suplicante a la abuela.

—Esta muchacha... —susurró.

—Es tan bonito, abuelita —le dije mientras se lo señalaba.

La abuela me miró con esa cara que pone a veces y que me hace pensar que detrás de ella hay una niña escondida que se asoma por su mirada. Es por eso por lo que tal vez nunca puedo ver a la abuelita como a una persona totalmente vieja. Yo creo que cuando tenga cien años, estará aún de pie corriendo por la cocina, haciéndonos bizcochuelos, lavando ropa y regañándonos.

La abuela me compró el cerdito.

—Mamá, no tienes dinero y te pones a comprarle cosas a Jana —le dijo mamá cuando le mostré el regalo de la abuela.

La abuela alzó los hombros. Mamá sonrió resignada.

Por la noche, papá dijo que iba a mandarnos de vacaciones a La Rochela, donde la tía Albita. Nos pusimos tan contentos e hicimos tanto alboroto que doña Marta, una vecina, vino a quejarse.

La Rochela es el pueblo más bonito del mundo. Hace muchísimo calor allí. Hay campos inmensos sembrados de algodón. Cuando supe que el algodón salía de una planta, no podía creerlo. Yo creía que lo sacaban de la tela, y resulta que es completamente al revés.

Todo me gusta de La Rochela: el pan caliente que venden en la plaza del mercado en unas casetas de cinc, la acequia, la casa de la tía Albita, los mangos dulces...

La semana se nos fue preparando las maletas, ayudando a mamá a lavar, a planchar y, sobre todo, a cuidar a Nena y a José, porque mamá tenía mucha ropa que remendar y reformar. Los vestidos que no le sirven a Tatá, mamá los arregla a mi medida. Estoy harta de andar vestida de Tatá, pero cuando protesto, mamá dice que somos pobres y que yo debería agradecer más bien a Dios, que me da comida y vestido. Lo mismo pasa con el pobre Negro, que le toca ponerse todo lo que deja Coqui.

Siempre mientras plancho, miro desde el corredor las montañas inmensas a lo lejos. Me parece que son como gigantes que cuidan nuestro pueblo. Ismael dice que hay gente que cree que tienen alma. Mamá y la abuela deben de ser de ésas, porque mamá habla a las plantas y les acaricia las hojas, y la abuela habla a los animales, a las plantas como mamá, y hasta a las cacerolas de la cocina.

Y así, pensando y pensando, aquel día me olvidé de la plancha y quemé una blusa de Nena. Mamá, que notó el olor a quemado, vino a ver lo que pasaba.

—¡Jana! ¡Mira lo que has hecho por andar en la luna! —dijo mamá a la vez que me daba una buena palmada en las manos.

Salí corriendo y llorando a mares.

—¡Jana! —me gritó mamá.

No le hice caso y seguí mi carrera. Salí de casa y fui a parar al solar que queda cerca de la casa de Ismael.

Un día iba a irme lejos, y así se morirían todos del remordimiento. Papá casi nunca me pega, no porque no sea severo, sino porque cuando pega lo hace con el cinturón. Coqui y el Negro sí saben lo que es el cinturón de papá. Tatá y yo sabemos que papá sólo pega a sus niñas cuando han hecho algo muy horrible. Mamá y la abuela nos dan con la mano. Las palmadas de la abuela me dan rabia; las de mamá, tristeza, mucha tristeza. ¿Cómo puede mamá pegarnos siendo tan dulce? Eso de que nadie es perfecto debe de ser verdad, pues ni siquiera mamá lo es. Me senté al borde de un gran charco de agua estancada. Estaba lleno de renacuajos.

—¿Qué haces aquí, Jana?

Pegué un brinco, pues no había oído los pasos de nadie. Era Pacheco, mi padrino...

—¿Has llorado? —me preguntó.

No respondí, sino que me puse a llorar de nuevo.

—Mamá me ha pegado —pude decir al fin.

—Algo habrás hecho, Jana —me dijo mientras me acariciaba la cabeza.

—He quemado con la plancha una blusa de Nena, pero ha sido sin querer. ¿Por qué pegan a los niños, Pacheco?

—No tengo hijos, Jana, así que no sé mucho de eso. ¿Sabes? A veces creo que les pegan por miedo.

—¿Por miedo? —le pregunté asombrada.

—Sí, los padres tienen miedo de que sus hijos hagan las cosas mal y se vayan por el camino equivocado, como diría tu abuela. Los pegan y los castigan para obligarlos a ser buenos.

—Pues eso no funciona, porque cuando me pegan tengo ganas de ser mala, remala.

Me dan ganas de irme lejos para que a todos los mate la tristeza.

—Si te vas, seguro que me matarás de tristeza —dijo mirándome a los ojos sin parpadear.

—¿De verdad? ¿No te estás burlando de mí?

—No. Eres mi ahijada, y en esa palabra hay otra: hija. Eres un poco mi niña. Me quedaría *deshijado* si te vas.

—Esa palabra no existe —le dije riendo.

—Vamos a tu casa, Jana. Tu mamá debe de estar preocupada.

Me tomó de la mano y nos fuimos caminando muy despacio. Mamá estaba en la ventana buscándome con la mirada. Apenas me vio, casi oí su suspiro de alivio. Y sentí remordimientos.

—Me he encontrado a esta muchachita en el camino, Helenita. ¿Quiere recogerla? —le dijo Pacheco.

Mamá sonrió y yo me tiré en sus brazos.

—¡Ay, Jana, la vida de las madres no es fácil! —me dijo mientras me estrechaba muy fuerte.

—Creo que nunca voy a ser mamá —le dije muy seria.

Mamá y Pacheco se miraron asombrados.

—No seré capaz de pegar a mis niños —dije más seria aún.

Mamá, que no podía más de la risa, dijo que ya vería el día que tuviera niños que hicieran diabluras.

Por fin llegó el día de irnos para La Rochela. Roque pitó a las seis en punto de la mañana. Nosotros, aún medio dormidos, tratábamos de terminar el desayuno. Entre Roque, papá y la abuela, metieron las maletas en el maletero del coche. Mamá dio mil instrucciones a papá, que iba a quedarse solo en casa dos semanas.

Mamá, la abuela y José iban delante, y todos nosotros detrás. Como yo me mareo, tengo derecho a una ventanilla. La otra les toca a los demás por turnos.

Nos quedamos mirando a papá, que nos decía adiós con la mano, hasta que Roque torció al final de la calle.

Salimos del pueblo y, a la vista de las montañas, ya empecé a marearme. Teníamos que atravesar las cordilleras, subir y subir como si esas montañas fueran a llevarnos al cielo.

—Prepara una bolsa, Jana —me dijo mamá.

—Viajero prevenido vale por dos —dijo Roque, al que no le gusta que le ensucien su coche.

¡Cuántas curvas tenía la carretera!

Cada vez que la abuela miraba los abismos sin fondo, se santiguaba mientras decía:

—¡Jesús, qué despeñaderos!

El más tranquilo era Roque, que silbaba todo el tiempo y parecía muy contento. Bueno, menos mal, pues si no qué habríamos hecho con un chófer muerto de miedo.

José dormía en los brazos de mamá y Coqui y el Negro dormían uno en brazos del otro. Nena, sentada en las rodillas de Tatá, contaba los coches que pasaban.

Por fin empezamos a bajar y, poco a poco, el clima fue cambiando. Empezamos a sentir calor y el mareo se fue como por encanto. El paisaje se volvió plano y sentí una felicidad que me nacía allá dentro del corazón.

—¿Descansamos, doña Helenita? —dijo Roque a mamá, y como ella respondió que sí, Roque buscó un sitio sombreado al lado de la carretera. Nos bajamos del coche sudorosos y caminando como robots. Nos acercamos a una tiendecita y allí mamá nos compró zumos de frutas. Entre tanto, la abuela sacó un canasto del coche. Volvimos a su lado y nos dio a cada uno un trozo de pollo y papas fritas. ¡Qué rico me sabía todo! ¡Qué distintas son las cosas cuando el sol invade la tierra! En la escuela nos explicaron que hay países que casi no tienen sol. ¿Cómo harán? ¿Cómo puede uno vivir sin sol? Ismael me dijo que eso era cuestión de costumbres.

—Además, a todo el mundo no le gusta el sol como a ti, Jana. ¿Qué crees que le pasaría a un pobre esquimal si lo trajésemos a nuestro país? ¡Pues que se moriría!

A lo mejor Ismael tenía razón, pero me cuesta entender que haya gente que pueda vivir sin sol. Yo quiero La Rochela porque es toda sol.

Llegamos por la noche. La tía Albita estaba impaciente, llevaba horas asomándose a la ventana. Después de los besos y los abrazos de bienvenida, la tía Albita y el tío Ramiro nos sirvieron enormes vasos de limonada con hielo.

Roque y el tío Ramiro, que ya se conocían, se pusieron a hablar de política. ¿Por qué a los hombres les gusta tanto hablar de política?

La abuela fue a ayudar a la tía Albita en la cocina mientras mamá ponía los pijamas a Nena y a José. Tatá, Coqui, el Negro y yo nos fuimos a jugar con nuestros primos Javier y Lucho. Los «pelicandela» les dice la abuelita cuando los regaña, porque ambos tienen el pelo rojo y ensortijado.

Cuando Javier era pequeñito, la tía Alba le dejó crecer el cabello hasta los hombros, le puso un vestido de niña y le llevó a que le sacaran una foto. Javier se ponía furioso cuando su mamá mostraba la fotografía, y la tía Albita tuvo que esconderla porque Javier le dijo que iba a hacerla pedazos. Además, Lucho, cuando alguien saca ese tema, le dice a su hermano: «Mujercita», y siempre se arma una pelea.

La abuela me disfrazó una vez de muchacho para una fiesta en la escuela. Me pintó bigotes, me hizo ponerme un pantalón, una camisa y las botas vaqueras de Coqui, me compró un sombrero de paja y me anudó un pañuelo al cuello. Como Tatá estaba disfrazada de gitana, la abuela me dijo que yo era un gitano. Pero a mí no me gustó mucho ese disfraz, que no era ni de gitano, ni de vaquero, ni de nada.

Al día siguiente, me desperté muy temprano y me senté bajo el palo de mango que estaba en medio del patio y me comí dos mangos que habían caído durante la noche. Me sentía muy bien allí, en medio del silencio de la casa, al abrigo de los rayos del sol. Todos dormían, hasta José, que pedía siempre su biberón tempranísimo.

Me quedé ahí un buen rato oyendo el susurro de las hojas, que un vientecito suave mecía. Dejé limpias las pepitas de los mangos y tenía aún una en las manos cuando mamá apareció en el corredor.

—¡Jana, estás comiendo mango en ayunas! Te va a dar un buen dolor de barriga. No entiendo por qué te levantas tan temprano; pareces una viejecita madrugadora.

Corrí a su lado sin decir nada.

—Vamos a preparar el biberón de José y

a hacer el café —dijo mamá restregándose los ojos.

En ésas, aparecieron la abuela y la tía Albita. La abuela parecía más joven. Ella decía siempre que la tierra caliente la rejuvenecía. A lo mejor era verdad.

En La Rochela no hacíamos nada del otro mundo, pero no había necesidad porque todo nos parecía nuevo.

Un día fuimos a la acequia. En la orilla, varias mujeres lavaban la ropa. Casi todas tenían un pañuelo atado a la cabeza para protegerse del sol. La acequia era un pequeño río manso y cristalino, lleno de pececitos que Tatá y yo tratábamos de atrapar con las manos, sin conseguirlo nunca.

Coqui y el Negro jugaron a los vaqueros en medio del agua, y Nena se entretuvo llenando con agua un cubo de plástico. Mamá tenía puesto un traje de baño satinado, con unos peces azules en la parte de delante. Mamá reía y hacía reír a la abuela, a la tía Albita y al tío Ramiro.

¡Qué bonita se veía cuando se divertía! En La Rochela podía descansar y olvidarse de todas las tareas de la casa.

82

Regresamos ya entrada la noche. Estábamos bronceados y muertos de sueño. Nos fuimos a la cama apenas terminamos de cenar.

Esa noche soñé que una mujer de agua salía de la acequia, iba hasta la orilla, tomaba a mamá de la mano y se la llevaba con ella mientras Tatá y yo corríamos detrás llorando a gritos.

Al despertarme por la mañana, corrí al cuarto donde dormía mamá y, como no la encontré, corrí a la cocina con el corazón saltándome en el pecho.

¡Uf! Mamá estaba allí, al lado de la abuela, preparando el café.

—¡Mamá!

—¿Qué pasa, Jana?

—Mamá —repetí mientras la estrechaba contra mí.

—¿Qué pasa, Jana? —volvió a preguntarme.

Le conté el sueño.

—Es sólo un sueño, Jana. Las mujeres de agua no existen... —me dijo mamá mientras me acariciaba la cabeza.

—Esta muchachita se impresiona con todo —comentó la abuela.

Por la tarde, fuimos a un parque con la tía Albita, mamá y los primos. La abuela se quedó en casa cuidando a Nena y a José.

Al llegar al parque, vimos a don Gastón, un policía que habíamos conocido en nuestras pasadas vacaciones y que se encargaba de que todo marchara bien en el lugar. Era muy amable, pero también muy severo con los niños que se portaban mal. Cuando los pillaba haciendo una travesura, les hacía dar una vuelta al parque en cuclillas, y hasta dos y tres si la travesura era muy grave.

Mamá y la tía Albita, que no agotaban nunca sus temas de conversación, se sentaron a hablar en un banco mientras nosotros nos lanzábamos sobre los columpios y los toboganes.

Al cabo de un buen rato, mamá nos llamó para que fuéramos a tomar un refresco. La tía Albita empezó a contarnos:

—Uno, dos, tres, cuatro... Falta Coqui...

—Hace un minuto lo he visto en el tobogán —dijo mamá con angustia.

—Vamos a buscarlo —dijo Tatá decidida.

—¡Ah, no, no, vosotros os quedáis aquí! —dijo la tía Albita con voz de sargento.

Las dos recorrieron el parque, hablaron con don Gastón y volvieron al cabo de un rato desesperadas. Vi los ojos de mamá inundados de lágrimas y odié a Coqui por hacer sufrir a mamá y por arruinarnos el paseo.

La tía Albita pasó su brazo por los hombros de mamá tratando de tranquilizarla. Dimos vueltas y vueltas por los alrededores sin encontrar ni rastro de Coqui. Mamá estaba aterrorizada y yo empezaba a asustarme. Era verdad que de vez en cuando Coqui y yo peleábamos como el perro y el gato, pero de ahí a desear que se perdiera, había un abismo. Coqui tiene año y medio menos que yo y es el Ismael de los inventos. Es decir, que así como a Ismael le gustan los libros, a Coqui le gustan los aparatos, las máquinas y todo lo que pueda desbaratar y volver a armar. Nosotros lo llamamos «científico siete mentiras», pero este apodo le tiene sin cuidado porque él sabe que algo bueno sale siempre de sus ajustes y desbarajustes. Siempre he pensado que, si alguna vez me pierdo en la selva o si me toca vivir en una isla desierta, desearé con toda el alma que Coqui esté a mi lado porque él se inventará algo para que podamos sobrevivir.

La noche empezó a caer y la tía Albita dijo que lo mejor era que regresáramos a casa para ver con el tío Ramiro lo que debía hacerse.

Cuando llegamos, lo primero que vimos fue a Coqui muy tranquilo, sentado en la acera comiéndose un helado.

—¡Mi niño! —gritó mamá mientras corría hacia él.

Mamá lo estrechó contra sí y el muy sinvergüenza parecía no entender lo que pasaba. Sólo dijo a mamá que don Lisandro, el de la tienda, le había dado ese helado para que se quedara ahí sentado y no se volviera a ir detrás del botellero.

—¿Del botellero? —le preguntó mamá.

—Sí, mamá, el hombre que pasa por las casas comprando frascos y botellas, ¿sabes? Los llevaba todos en un carro. Tenía unos grandotes. Me dijo que ahí se echaba vino.

—Pues por andar metiendo la nariz donde no debes, me has hecho pasar el susto de mi vida —le dijo mamá.

Don Lisandro salió de la tienda y nos explicó que había llevado a Coqui a la casa, pero no había encontrado a nadie.

—Pero mamá está ahí... —dijo la tía Albita.

—No, no hay nadie —dijo don Lisandro.

Mientras mamá agradecía a don Lisandro el haberse ocupado de Coqui, yo agarré a éste por el pelo y le dije:

—Esto por haber hecho llorar a mamá y por habernos fastidiado el paseo.

Empezó a chillar y fue a quejarse a mamá, pero ella no le puso mucha atención porque ahora estaba preocupada por la abuela.

Apenas entramos en la casa, apareció la abuela con Nena y José.

—Ah, ya habéis vuelto —dijo tranquilamente.

—¿Por dónde andabas a estas horas, mamá? —le preguntó la tía Albita.

—Estaba en casa de Felisa leyéndole el porvenir.

—¿Qué es el porvenir? —preguntó el Negro.

—El porvenir es un plato de comida, y todo el mundo a la cama —dijo mamá con voz cansada.

PAPÁ LLEGÓ UN DÍA al anochecer. La abuela, la tía Albita y mamá habían sacado las mecedoras a la calle. Yo estaba sentada en las rodillas de la tía Albita y de pronto vimos a papá surgir de la nada. Ahogué un grito porque él nos hizo una seña para que no dijéramos nada, pues como mamá le daba la espalda, no podía verlo. Papá le tapó los ojos con sus manos. Mamá se sobresaltó y recorrió con sus manos las de papá. Entonces se puso de pie como impulsada por un resorte y se echó en sus brazos. Los miré fijamente y recordé lo que dijo un día la tía Dorita a Pacheco refiriéndose a papá y mamá: «Ésta es una verdadera historia de amor, Pacheco».

Pensé que debía de ser entonces como en las radionovelas que escucha la abuela y que tanto la emocionan. Sólo que la abuela le encuentra muchos defectos a papá...

Antes de irnos a la cama, hicimos un desorden tremendo huyendo de papá, que corría detrás de nosotros para pellizcarnos con los dedos de sus pies, que nos agarraban como tenazas.

A veces creo que en papá hay dos papás diferentes: el que se sienta muy serio a leer el periódico y se quita el cinturón para castigarnos si nos portamos mal, y el que juega con nosotros, nos lleva al río para hacernos el mejor «sancocho» del mundo, nos enseña a nadar y nos abraza con una fuerza tremenda sin ningún motivo.

Nos quedamos una semana más en La Rochela. Roque llegó un sábado a buscarnos y el domingo partimos tempranito en la mañana. La abuela se quedó con la tía Albita. Cuando se despidió de mamá, le dijo:

—Cuídate, *mijita*, nada de cargar cosas pesadas. Yo estoy de vuelta dentro de un mes.

—No se preocupe, doña Flora, que voy a pedirle a Josefina que vaya de vez en cuando a ayudarla en la casa —dijo papá.

Josefina es una mujer muy pobre que vive de lavar ropa. La abuela suspiró como diciendo: «No es igual». Y creo que tenía razón, porque a la abuela no la iguala nadie en el trabajo de la casa.

Partimos sin querer partir. La tía y la abuelita se quedaron llorosas, y Lucho y Javier parecían tristes. Sólo el tío Ramiro estaba tranquilo, aunque también me pareció inquieto cuando se despidió de mamá:

—Cuídese, Helenita —le dijo.

¿Pero qué diablos le pasaba a mamá que todo el mundo no hacía sino decirle que se cuidara?

No pregunté nada. Ya sabía lo que iban a responderme: «Son cosas de mayores, Jana».

Pasamos frente al mercado. Las casetas de cinc brillaban bajo el sol, y el olor del pan más rico del mundo nos inundó.

—Para un momento, Roque, vamos a comprar pan —dijo papá.

Todos gritamos de felicidad. Papá nos compró también caramelos y racimos de uvas. Lo bueno de viajar con papá es que el viaje mismo se vuelve un paseo y, a pesar de que es más largo porque paramos en todas partes, siempre se nos hace más corto.

Papá nos tomó fotos en cada parada y, en un pueblo a orillas de la carretera, nos compró a Tatá y a mí unos bolsitos con forma de abanico, y a los demás, animalitos de barro cocido.

Cuando divisé las montañas a lo lejos, me sentí morir y entonces se me ocurrió ponerme a contar ovejas con los ojos cerrados. Me quedé dormida con la cabeza sobre las rodillas de Tatá. Cuando me desperté, casi no podía creerlo: nuestro pueblo estaba allá abajo. Me había librado de las curvas y los abismos de la carretera y, lógicamente, del mareo.

La noche caía y el cielo parecía haberse incendiado. Era el sol de los venados de mamá, era el cielo que Ismael y yo contemplábamos desde la acera de nuestra calle.

Al llegar a casa, papá no nos dejó entrar hasta que él no hubo aireado todos los cuartos. La casa me pareció fría y triste. Esa noche fue papá quien dirigió la ida a la cama porque mamá estaba agotada. No me gustaba que la abuela se hubiera quedado en La Rochela. Cuando ella está en casa, mamá puede descansar un poco y «mantenernos a raya», como dice la misma abuela para que dejemos a mamá tranquila.

No sé por qué, antes de dormirme tenía en la cabeza el rostro de don Silvestre. Lo veía saludando con el sombrero en alto, veía sus ojos azules bajo sus espesas cejas grises.

Al día siguiente, fui por la mañana a casa

de Ismael. Toqué el timbre varias veces, pero nadie vino a abrirme.

—Están en la finca, Jana —me dijo doña Rosita, la vecina, desde la ventana.

Volví a casa arrastrando los pies.

—A juzgar por tu cara larga, Jana, Ismael no está —me dijo mamá.

—No... Está en la finca.

—Ya lo verás por la tarde. Tú sabes que a su mamá no le gusta pasar la noche en la finca.

Di un beso a mamá, pues de alguna forma ella encuentra siempre la manera de consolarme. En ésas, llegó el Negro corriendo.

—Mamá, la señorita Elvira dice que si podemos ir a ver la televisión a su casa...

—¿La televisión? ¿Han comprado una televisión? —dijo mamá con ojos brillantes.

—¿Nos dejas, mamaíta? —le dije suplicante.

—¿Y los pañales que tienes que planchar, Jana?

—Después, mamá; jurado, prometido —le respondí.

—De acuerdo, pero portaos bien.

Salimos corriendo. Tatá y Coqui estaban

en la calle esperando al Negro, al que los muy cobardes habían mandado a pedir permiso.

Nos sentamos en el suelo mientras la señorita Elvira movía los botones del televisor para aclarar la imagen. Vimos un programa de dibujos animados y una película de vaqueros. Cuando se terminó, la señorita Elvira nos mandó a casa.

Le preguntamos a mamá si papá nos compraría un televisor. Mamá nos dijo que ni lo mencionáramos, pues, según ella, era imposible.

—Y menos aún en este momento —dijo mamá.

—¿Por qué, mamá? —le pregunté.

Mamá enrojeció y no contestó. Ahora estaba segura: mamá iba a tener otro bebé. Se lo comenté por la noche a Tatá.

—A lo mejor, Jana —me dijo como si estuviera en la luna.

Mamá dice que Tatá vive en las nubes, y yo creo que es cierto. Mamá dice también que Tatá sólo piensa en comer y en jugar, claro que lo dice sonriendo porque no es del todo cierto. Cada vez que mamá va a la escuela y recibe el cuaderno de calificaciones de Tatá, sale de allí como un pavo real. Sabe que todas las mamás la miran con envidia cuando la profesora recita la letanía de siempre:

—Su hija, señora, es la excelencia de este establecimiento. Es la mejor en todo.

—¿Y Jana? —pregunta mamá.

Y la profesora recita la letanía de siempre:

—María Juanita va bien, pero tiene que esforzarse con las matemáticas.

Como había prometido a mamá planchar los pañales de José, no me atreví a pedirle permiso para ir a ver a Ismael. Estaba allí, plancha que te plancha, cuando llamaron a la puerta. Era Ismael.

Mamá lo recibió con mucho cariño y le preguntó por su mamá.

—Mamá está más tranquila porque la abuela se va a quedar a vivir con nosotros —dijo Ismael con una voz que me pareció distinta.

—Hola, Jana.

—Hola.

—Deja la plancha si quieres, Jana —me dijo mamá.

—No, no, señora, no puedo demorarme. Sólo he venido a saludar a Jana y a preguntarle si usted la dejaría ir con nosotros mañana a la finca.

Miré a mamá suplicante.

—Por mí no hay problema, Ismael, pero tengo que consultarlo con mi esposo. Cuando él venga, mandaré a Jana con la respuesta.

Ismael se fue y yo me comí las uñas hasta que papá llegó y dio su aprobación.

Ismael vino a buscarme al día siguiente muy temprano. La mamá de Ismael me pareció más delgada y ojerosa, y su voz tenía un dejo triste. Sin embargo, cuando llegamos a la finca, a la vista del campo, sus ojos se iluminaron.

—Mira cuánto verdor, Jana, cuánta vida palpitando en cada árbol, en cada planta, en el insecto más pequeñito...

Aspiré el olor de la tierra, aún húmeda de rocío, y contemplé el paisaje que tenía ante mí: las montañas a lo lejos como murallas guardianas, los campos sembrados, las copas de los árboles orgullosas de su altura, y sentí el aleteo de los pájaros, sus trinos y el silbido dulce del viento, y creí oír la voz de la tierra...

—¡Jana!

Pegué un brinco. Era Ismael, que me miraba burlón.

—En tu casa dicen que Tatá es una elevada, pero tú no te le quedas atrás —me dijo riéndose.

Ahora sabía lo que quería decir elevada. Elevado no era lo mismo que distraído. Elevado era estar por encima de lo que uno oye y ve todos los días. Elevado era oír la voz de la tierra.

La casa de la finca era pequeña y estaba rodeada por un corredor a lo largo del cual colgaban macetas con geranios.

Por la tarde, después del almuerzo, fuimos a dar un paseo hasta la quebrada, donde, según Timoteo, el campesino que administra la finca, se oye de vez en cuando el llanto de una mujer. Los árboles y los matorrales oscurecían el lugar y yo pensé que era un buen sitio para llorar.

—¿Por qué llorará la mujer de la que habla Timoteo? —pregunté a la mamá de Ismael.

—De pena, Jana —me respondió con voz temblorosa.

—¿Por qué de pena? —insistí.

Ismael me lanzó una mirada fulminante.

—Porque dicen que perdió al hombre que amaba —me contestó ella.

Comprendí entonces por qué había metido la pata.

Antes de regresar a nuestro pueblo, nos sentamos en el patio a ver el atardecer, y el cielo, como si supiera que tenía espectadores, se lució con sus rojos y sus amarillos fuego, se incendió como nunca. Yo sólo deseaba que mamá estuviera mirándolo desde la ventana.

LOS DÍAS PASARON y tuvimos que volver a la escuela. No me dejaron en el mismo grupo de Tatá porque, según las profesoras, Tatá era de las mayores y yo de las chiquitas. Me sentí perdida sin Tatá. Lo único que me consoló fue el cambio de la profesora de matemáticas por otra que parecía amable y comprensiva.

Mamá se veía cansada, y Tatá y yo teníamos que ayudarla a toda hora. Josefina venía dos veces por semana, pero no era suficiente para todo lo que había que hacer en casa.

Una tarde en la que yo le leía a mamá un pasaje de un libro que me había prestado Alicia, llamaron a la puerta. Era la abuela. Mamá se colgó de su cuello llorando de alegría y la abuela le acariciaba la cabeza como si mamá fuera una niña, mientras repetía con su voz más dulce:

—*Mijita, mijita.*

Tatá y yo nos sentimos felices también, porque con la abuela mamá estaba más tranquila, pero también porque ya no nos tocaría hacer tanto trabajo.

Esta vez, ir a la escuela me parece menos duro, quizá porque ya nadie me maltrata y porque es el último año que paso en ella. El año próximo, Tatá y yo iremos a un colegio para comenzar el bachillerato.

—Nadie va a creerte cuando estés en bachillerato —me dijo un día Ismael.

—¿Por qué?

—Parece que tuvieras siete años.

—Tengo diez, y cuando entre al colegio, tendré once y habré crecido.

—¿Crecido? —dijo Ismael muerto de la risa.

Estaba tan furiosa que no podía ni hablar y, para colmo de males, sentí que iba a ponerme a llorar.

—Perdóname, Janita...

—¡No me llames Janita!

Ismael no dijo nada. Sacó lentamente de su bolsillo una foto que puso en mis manos. Allí estábamos su mamá y yo contemplando el verdor de la finca.

—¿Cuándo la tomaste?

Se alzó de hombros y no contestó.

—¿Me la regalas?

Dijo que sí con la cabeza.

Sonreí. No me gustaba que me tomaran fotos porque siempre quedaba fea, pero en ésta me encontraba bonita...

Corrí a mostrársela a mamá.

—¡Qué bonita estás, Jana! Tienes las mejillas sonrosadas —dijo mamá.

Era verdad, tenía otra cara en esa foto. No «alumbraba», como decía mamá cuando me veía pálida.

Por la tarde, mamá se acostó y me pidió que le leyera un fragmento de *Las aventuras de Huckleberry Finn*, el último libro que Alicia me había prestado. Mientras leía, pensaba en Alicia y sus hermanas.

—¿Por qué parecen tan tristes, mamá? —dije de pronto interrumpiendo la lectura.

—¿Quiénes, Jana? —preguntó mamá asombrada.

—Las hijas de don Samuel.

—Seguro que por culpa de ese viejo cascarrabias. Las tiene como prisioneras en la casa. Sólo las deja salir a misa y a hacer las compras y les contabiliza el tiempo cuando están fuera. No les deja tener amigos, y novios mucho menos...

—¿Por qué?

—¡Cómo eres de preguntona, Jana! —me dijo mamá, incómoda.

—Porque es un viejo egoísta —dijo la abuela, que revoloteaba por ahí arreglando el armario de mamá—. Como se quedó viudo, no quiere que sus hijas lo abandonen.

Desde ese día, quise más a Alicia y a sus hermanas. Don Samuel era un viejo malvado, por algo el Negro y Nena corrían a esconderse cuando lo veían aparecer con su bastón.

UNA TARDE, AL REGRESAR de la escuela, no encontramos a mamá. Papá se la había llevado al hospital.

—¿Por qué? —preguntó Coqui, angustiado, a la abuela.

—Porque le van a regalar un niño —le contestó ella.

—¿Quién? —preguntó Nena.

—La cigüeña —dijo la abuela muy segura de sí misma.

Fui a sentarme a la puerta de la casa. Estaba furiosa y no sabía por qué, o sí... Porque mamá no estaba, porque la abuela no nos decía la verdad y porque no quería más hermanos. Ya éramos muchos.

De pronto, vi aparecer a papá a lo lejos. Corrí como un rayo a su encuentro.

—Papá... —dije mirándolo con angustia.

—Tu mamá está bien, Jana. Tienes una nueva hermanita... —dijo papá con una sonrisa.

Y así, sin más ni más, me puse contenta, y cuando días después mamá regresó a casa, a duras penas podía alejarme de la cuna del bebé.

Un día que José quería jugar con ella como si fuera un muñeco, mamá lo apartó y José, llorando, repetía:

—Quiero Monona, quiero Monona.

Y así empezamos a llamarla. Monona tiene el cabello castaño claro, la piel blanca y una mancha rosada en la frente, que cuando llora se le pone roja. Mamá dice que con el tiempo se le borrará. Es un bebé precioso. Tiene los ojos y la boca de mamá. Papá dice que Monona es el retrato de mamá.

A papá se le ve cansado. Cuando llega del trabajo, lee el periódico, come y se acuesta enseguida, y habla mucho con mamá, en voz baja. Seguro que es para que nosotros no escuchemos, pero nuestra casa es tan pequeña que a veces en la noche, cuando tardo en dormirme, oigo cosas que me angustian. Don Samuel va a subir el alquiler y papá tiene muy poco dinero y no sabe qué va a hacer, y yo me tapo los oídos porque tengo miedo.

Pacheco vino el domingo y le trajo flores

a mamá y un oso de peluche a Monona. A nosotros nos dio monedas como siempre y corrimos a comprar bombones y barquillos.

Por la noche, Pacheco y papá se tomaron unas cervezas y la abuela nos dijo que los dejáramos tranquilos porque estaban hablando de negocios. Cuando Pacheco se fue, papá parecía muy contento. Yo sabía que Pacheco iba a prestarle dinero. Ya lo había hecho otras veces. La abuela dice que Pacheco tiene un corazón de oro. A lo mejor es por eso por lo que las monedas en sus manos se vuelven siempre tan brillantes.

Sólo cuando Monona cumplió dos meses, mamá aceptó salir a la calle. Se puso su vestido más bonito y papá la invitó al único restaurante que hay en nuestro pueblo, y luego se la llevó al cine.

No me dio rabia que mamá saliera: la pobre llevaba tanto tiempo encerrada... Pero cuando al día siguiente papá dijo que mamá se iría para La Rochela a pasar dos semanas en casa de la tía Albita y que se llevaría a Nena, a José y a Monona, me puse furiosa. Papá y la abuela me regañaron.

—Niña egoísta —me dijo la abuela.

¿Por qué nadie entendía que quince días sin mamá era demasiado?

Nadie hizo caso de mi rabia y mamá se fue. La abuela se encargó de nosotros y nos mantuvo a raya todo el tiempo. Un día que Coqui y el Negro se pelearon, les pegó con su pantufla y, como ellos salieron corriendo, la abuela, que tenía a mano unas papas, se las lanzó con tal puntería que Coqui y el Negro tuvieron que rendirse. Como Tatá y yo no podíamos de la risa, la abuela nos amenazó también con sus papazos.

La abuela parece tener una fuerza fuera de lo común, no sólo física, sino también de otra clase que yo no puedo definir.

—Tiene mucho carácter —me dijo Ismael cuando se lo comenté.

—Pero es más que eso, Ismael.

—¿A qué te refieres, Jana? —me preguntó intrigado.

—No sé, es como si tuviera una fuerza antigua.

—No te entiendo.

—Nunca está cansada y trabaja todo el día. Tiene una voz potente y, cuando se pelea con papá o con los vendedores del mercado o con nosotros, es ella la que tiene la última palabra. Dice cosas que llegan al alma y conoce los signos de todos los días.

—¿Los signos de todos los días? —me preguntó Ismael un poco burlón.

—Sí, un día le dijo a Pacheco que los días estaban llenos de signos anunciadores de lo que iba a pasar.

—¿Como cuáles, Jana?

—Las mariposas negras y grandes anuncian la muerte; las pequeñitas a rayas anaranjadas y negras, las visitas. El dolor de sus rodillas es signo de que las lluvias se acercan...

—Eso se llama superstición, Jana —me dijo Ismael muy serio.

—Tú me dijiste un día que la superstición es lo que no es verdad. Entonces, ¿por qué la abuela acierta en todo? —le repliqué con rabia.

—Ismael se quedó callado.

—La verdad es que tengo miedo, Ismael...

—¿Por qué, Jana?

—Porque hace días una lechuza hizo un nido en el saliente del muro que da a nuestro patio. Cuando la abuela la vio, se puso pálida y se echó la bendición. Cuando le pregunté por qué lo hacía, me dijo: «Es un mal presagio, Jana. Que Dios nos proteja». Pero no quiso decirme qué era lo que anunciaba la presencia de la lechuza. ¿Lo sabes tú, Ismael?

—No... No... Jana.

No me pareció muy seguro de sí mismo, pero no quise insistir porque creo que, en el fondo, yo no quería saber.

En ausencia de mamá, leí dos libros que Alicia me prestó. Uno de ellos era muy corto y lo leí como tres veces. Se llama *El Principito*, y lo que más me gustó fue el capítulo del zorro. Gracias a él comprendí lo que significa domesticar. Es conocer y amar. Me acordé entonces de cómo Ismael y yo nos hicimos amigos. Una vez él pasó frente a nuestra casa y sonrió a mamá, que estaba asomada a la ventana.

—¿Quién es? —le pregunté.

—El hijo del señor Mejía.

Días después, tropecé con Ismael en la tienda de don Cristóbal. Ismael me sonrió igual que a mamá.

No dije nada. Hice la compra que la abuela me había encargado y salí corriendo.

Hablamos por primera vez un día que mamá y yo nos sentamos a la puerta de casa. Mientras ella remendaba las camisas de Coqui y el Negro, yo le leía los poemas de mi libro de español. Estaba tan embebida en la lectura, que no me di cuenta de que habían llegado otras personas.

—Pero ¡qué bien lees! —me dijo una voz desconocida.

Levanté la vista y vi a Ismael y a su mamá. Me puse roja como un tomate. Mamá sonreía con orgullo.

—¿Puedo ver tu libro? —me dijo Ismael.

Se lo entregué.

—A mí también me gustan los poemas —dijo hojeando el libro.

Mamá los invitó a tomar una taza de café. Ismael me contó que ya había leído muchos libros y que cuando fuera grande iba a ser escritor. A pesar de que no creía mucho lo que me dijo, sentí que Ismael y yo íbamos a ser amigos toda la vida. Era algo que yo veía con el corazón, algo así como lo que dice el zorro al principito.

Cuando mamá regresó de La Rochela, la vida se me compuso, según la abuela. Creo que la vida se compuso para todos. Papá ya no tenía el ceño fruncido, la abuela estaba menos rezongona, Coqui y el Negro dejaron de pelear y Tatá estaba más sonriente.

Mamá regresó fresca como una flor. Sin embargo, una semana después se enfermó. El médico le recetó muchas medicinas y le ordenó guardar cama. Tatá y yo tuvimos que ayudar mucho a la abuela, sobre todo cuidando a los pequeños.

Papá parecía muy preocupado. Se escapaba a cada momento de su trabajo y venía a dar una miradita a mamá, la tomaba de las manos y le hablaba dulcemente.

Yo no dejaba de comerme las uñas y, por primera vez, la abuela ni siquiera me regañaba. La abuela, la pobre, decía que ella no tenía cabeza sino para mamá.

Afortunadamente, mamá fue recobrando la salud, y nosotros, la tranquilidad. Una tarde, mientras Ismael y yo jugábamos una partida de ajedrez en el portal de mi casa, vi a mamá en la ventana contemplando el atardecer rojo, su «sol de los venados», y su cara de felicidad me mostró que estaba completamente curada.

—Jaque mate, Jana —me dijo Ismael.

No me importó. El ajedrez no me gustaba en realidad. Era más bonito contemplar el incendio del cielo.

CUANDO MONONA CUMPLIÓ seis meses, papá se fue de viaje. El tío Raimundo lo invitó a su hacienda y papá, que adora el campo, no se hizo de rogar.

A los tres días de su partida, papá ya nos hacía una falta inmensa. Le tenemos miedo, es verdad, pero lo queremos mucho. Cuando regresa de su trabajo, se sienta a leer el periódico y no lo podemos interrumpir porque se enoja. En la mesa nos exige un comportamiento impecable y nos obliga a dejar los platos limpios. «La comida no se tira, niños», nos dice mientras nos muestra su cinturón. Y nosotros, que comprendemos muy bien el mensaje, hacemos esfuerzos para comernos lo que no nos gusta, como la remolacha o la sopa de calabaza. Pero papá también ríe y hace bromas y nos dice que nos quiere mientras nos restriega su mentón contra el rostro haciéndonos cosquillas con su barba.

Una semana después de la partida de papá, mamá se volvió a enfermar. Una noche dijo a Tatá que se sentía mal como la otra vez. Tatá corrió a buscar a la abuela, que estaba en casa de la señorita Elvira.

Eran casi las siete de la tarde y había empezado a llover a cántaros. La abuela entró en casa como si fuese un rayo desgajado de la tormenta. Se asustó cuando vio la palidez de mamá. Hizo que se acostara y la arropó como si se tratara de un bebé. Luego le preparó una bebida caliente y se la dio. La abuela nos ordenó a Tatá y a mí dar de comer a nuestros hermanos y acostarlos mientras ella iba a pedirle a la señorita Elvira que fuera a buscar un médico.

Mis manos temblaban mientras daba el biberón a Monona, y vi los ojos de Tatá llenos de lágrimas mientras enfriaba la sopa de Nena y de José.

—¿Mamá se va a morir? —preguntó el Negro sin parar de jugar con la cuchara.

—¡Cállate, estúpido! —le gritó Tatá.

El Negro se puso a llorar y la pobre Tatá,

condolida por haberlo tratado mal, intentó calmarlo.

En ésas volvió la abuela. Estaba empapada, pues en su prisa ni siquiera se había llevado un paraguas.

Mamá se había adormilado. La abuela nos ayudó a meter a los pequeños en la cama. Luego, Tatá y yo nos sentamos a su lado, cerca de mamá. La abuela iba cada cinco minutos a la ventana a ver si veía llegar a la señorita Elvira. La lluvia no paraba, y el tactac de las goteras que mojaban el piso de nuestra casa se oía a pesar del ruido del aguacero.

—Qué desgracia no tener teléfono —dijo la abuela.

Por fin llegó la señorita Elvira, pero sin el médico. No había encontrado ninguno.

—¿Y en el hospital, señorita Elvira? —le preguntó la abuela con desesperación.

—Tampoco, doña Flora —dijo la pobre mujer angustiada.

—¡Matasanos de los diablos! ¡Ni siquiera hay uno en el hospital! Pero ¿por qué vive la gente en estos condenados pueblos? —exclamó la abuela en el colmo de la furia.

Mamá se agitó. La abuela corrió a su cabecera. Súbitamente, mamá se retorció de manera horrible. Tatá y yo gritamos espantadas. La señorita Elvira se acercó para ayudar a la abuela a calmar a mamá.

—¡Mi hija se me muere! —decía la abuela llorando.

Mamá se quedó quieta de pronto.

—¡Voy a sacar un médico de donde sea, doña Flora! —dijo la señorita Elvira mientras se iba corriendo.

El motor de su coche arrancó con un rugido desesperado, como si comprendiera lo que pasaba.

La abuela friccionó la cabeza de mamá, que había caído en una especie de sopor.

—A la cama, niñas —nos dijo la abuela.

—No, abuelita, no —le suplicamos llorando.

—La abuela no dijo nada. Nos estrechó contra ella mientras las lágrimas rodaban por sus mejillas.

La señorita Elvira tardaba en llegar. Me quedé dormida en la sala, en el sillón de papá. Soñé que alguien lloraba. Me desperté y me di cuenta de que, en realidad, alguien lloraba. Era Tatá. Me precipité al cuarto de mamá. Miré su rostro. Estaba azulado.

—Mamá está muerta, Jana —me dijo Tatá.

Miré a la abuela, que tenía una de las manos de mamá entre las suyas y la miraba con una mirada que yo no le conocía. Me pareció que de pronto la abuela había perdido toda su fuerza, creí que estaba frente a otra persona. Volví a mirar el rostro de mamá. A pesar del color azulado, era el mismo rostro dulce y terso de siempre.

—No, Tatá, mamá está dormida —dije.

—No, Jana, ¡está muerta! —dijo llorando a gritos.

—Cálmate, Tatá —dijo la señorita Elvira tomando a mi hermana entre sus brazos.

Me di cuenta entonces de que en el vano de la otra puerta estaban Alicia y doña Marta, nuestra vecina.

Volví a mirar a mamá. De pronto, comencé a flotar. Quería llorar y no podía, me parecía que mi cuerpo era hueco, que no tenía ni corazón ni cerebro, porque no podía pensar ni sentir. El suelo bajo mis pies había dejado de existir. Todo mi alrededor lo llenaba el rostro inmóvil y azulado de mamá. La abuela, Tatá, la señorita Elvira, doña Marta y Alicia eran un sueño, figuras borrosas que lloraban y rezaban.

Alicia me abrazó. ¿Cómo hizo para agarrarme en el aire? Yo no quería que nadie me tocara, que nadie me hablara. La casa se fue llenando de gente. Todos me parecían fantasmas. ¿Por qué venían a perturbar el sueño de mamá? No sé cómo, me encontré en el sillón de papá. Me acosté allí y el sillón también se puso a flotar. Me quedé dormida.

Cuando me desperté, era de día. La casa estaba llena de murmullos. Alguien dijo que Pacheco y don Cristóbal se habían ido en busca de papá.

—Qué tragedia... —dijo una voz de mujer.

—El pobre hombre se queda viudo tan joven, y con tantos niños —dijo otra voz.

—Jana... —era la voz de Ismael.

Lo miré y lo vi muy lejos, como a través de una bruma.

—Jana... —repitió.

No podía hablarle. Yo no tenía voz. Vi a su madre abrazada a la abuela. Luego, vino hacia mí y me abrazó.

—Vamos un momento a casa, Jana —me dijo con dulzura.

Me dejé llevar. No abrí la boca. Un cuerpo vacío no habla. Al llegar a su casa, la mamá de Ismael me dio una taza de leche tibia. Me quedé mirando la taza sin parpadear. La verdad, lo único que quería era que me dejaran tranquila, que me dejaran flotar.

—Bebe un poquito, Jana... —oí que me decía Ismael.

No respondí ni quité la mirada de la taza.

Finalmente, la mamá de Ismael me dio una cucharada de leche en la que puso unas gotas de no sé qué. Un momento después, el rostro azulado de mamá volvió a llenar todo el espacio y yo me perdí en él.

No sé cuánto tiempo dormí. Todo estaba oscuro cuando desperté. Me senté de un salto en la cama.

—Tranquila, Jana, yo estoy aquí contigo —oí que me decía la mamá de Ismael mientras encendía la luz.

—Ponte esta ropa, Jana. Vamos a volver a tu casa. Tu papá ya ha regresado.

«Papá... ¿Qué va a pensar papá del rostro azulado de mi mamá?», me pregunté en silencio. Miré la ropa. Era toda negra. Me pareció fea. ¿Quién me la habría comprado?

Cuando llegamos a casa, vi a papá sentado en una silla con el rostro escondido entre las manos. Tatá, Coqui y el Negro estaban a su lado. La mamá de Ismael me empujó hacia él. Papá también era un fantasma. De pronto, alzó la mirada.

—¡Jana! —exclamó mientras me abrazaba.

Entonces mi cuerpo cayó a la tierra con violencia, dejó de flotar, dejó de ser hueco, recobró el cerebro y el corazón. Empecé a llorar desesperadamente. Deseé que pasaran pronto los años para no sentir ese dolor terrible que me ahogaba.

Papá me alzó como cuando yo era muy pequeña y me llevó a la sala. Allí en la mitad, rodeado de cirios y de flores, estaba el ataúd.

—¿Qué vamos a hacer, papaíto? —le pregunté temblando.

—No sé, Jana, no sé —me respondió con voz ronca.

Papá me puso de nuevo en el suelo. Vi a la abuelita sentada en un extremo de la sala,

116

hundida en el sillón de papá. Me pareció muy vieja. Fui a sentarme a su lado y la abracé.

—Jana, querida, pareces más chiquita con ese vestido negro —dijo mientras me besaba.

Me acordé entonces de la lechuza.

—¿Era una muerte lo que anunciaba la lechuza, abuelita? —le pregunté.

—Sí, Jana. Ya se fue, vino a llevarse a mi niña —dijo con ojos brillantes de rabia.

Allí, sentada al lado de la abuela, empecé a mirar a la gente que había en casa. Pacheco hablaba en voz baja con papá. Alicia y doña Marta repartían tazas de café. La señorita Elvira se ocupaba de mis hermanos. Vi a don Samuel, muy tieso, conversando con la mamá de Ismael. Algo hizo poner a la abuela de pie. En la ventana estaba la mamá de «los tiznados». La abuelita fue a su encuentro. Se abrazaron en la calle, y la mujer le entregó unas flores. La mamá de «los tiznados» nunca había hablado con mamá, pero ella no había olvidado que la abuela era la única persona de nuestra calle que la saludaba. Sabía seguramente que la abuela se sentía ahora más sola que ella.

A mediodía llegaron la tía Albita y la tía Dora. Nos abrazaron a todos en silencio.

Fue mucha gente al entierro de mamá. En la iglesia recordé al papá de Ismael y pensé que yo debía de tener la misma cara que tenía Ismael el día del entierro de su papá.

Los días pasaron lentamente. Durante una semana no fuimos a la escuela. La tía Albita, que va a quedarse una temporada con nosotros, nos mima todo el tiempo. Parecemos unos pollos detrás de la gallina, pues no la dejamos ni a sol ni a sombra. La abuela nos regaña menos, la pobrecita parece de repente tan vieja y tan cansada que ni alientos le quedan para darnos coscorrones.

Papá no habla. Al volver del trabajo, nos besa y se tira en la cama y se queda allí inmóvil mirando el techo sin parpadear. La tía Albita se sienta a su lado y le habla en voz baja, y poco a poco papá reacciona.

La ausencia de mamá es una presencia que invade nuestra casa. Monona ya empieza a hablar y repite sin cesar «ma, ma», y José llora porque mamá no llega, y Tatá y yo lloramos cuando los oímos. Coqui y el Negro se pelean todo el tiempo y Nena juega por ahí, solita y callada.

La mamá de Ismael nos manda a menudo tortas o dulces de frutas. Alicia vino una noche a decir a papá que, si necesitaba algún tipo de ayuda, no dudara en decírselo. La señorita Elvira viene al caer la tarde a hablar con papá, la abuela o la tía Albita y, cuando se va, dice a papá:

—¿Puedo llevarme a los muchachos para que miren un poco la televisión?

Yo casi no voy. Ya nada me gusta. Ni la televisión, ni los juegos, ni siquiera los libros. Mamá ocupa toda mi cabeza y mi corazón. La veo en la pizarra cuando la maestra escribe los poemas o las frases que debemos estudiar, la veo en las hojas de los cuadernos, en las señoras que van por la calle, en los sueños. Hablo a Ismael de ella todo el tiempo.

—¿Tú piensas mucho en tu papá? —le pregunté un día en que estábamos sentados en la acera de mi casa.

—Sí, Jana, mucho. A veces abro despacito la puerta de su «oficina» para ver si lo veo —me dijo tristemente.

—A mí me gustaría que mamá se me apareciera —dije a punto de llorar.

—Los muertos no se aparecen, Jana.

—¿Por qué no?

—Pues porque están muertos.

—Pero el alma no está muerta.

—No sé, Jana...

—Mamá no está muerta del todo. Yo sé que está en algún lado. ¡Yo lo sé!

Ismael no dijo nada.

A través de mis ojos llenos de lágrimas, vi el cielo. El incendio comenzaba. Las nubes ya estaban amarillas y, a medida que el sol se escondía, el cielo se teñía de naranja. Miré la ventana de casa. No, mamá no estaba. Sentí una rabia inmensa. Alcé la vista de nuevo. El sol de los venados dominaba nuestro pueblo. El cielo era de fuego, de trigo, de oro, de ámbar. Me pareció que esa luz dorada tenía una música que poco a poco lo calmaba todo. Sentí la presencia de mamá y su voz resonó en mi corazón: «Es el sol de los venados, Jana».

—¿Por qué sonríes, Jana? —me preguntó Ismael.

—Es el sol de mamá...

Ismael apretó mi mano y me dijo:

—Es el sol de tu mamá, pero también es tu mamá.

Lo miré intrigada.

—El otro día, mamá me dijo que papá estaba en mí, en ella, en la casa, en todos los objetos que había amado, en las cosas que me había enseñado, en las plantas que había sembrado... Papá está en todo lo que me lo recuerda —dijo Ismael con voz temblorosa.

Al entrar más tarde en casa, la vi, por primera vez desde la partida de mamá, un poco diferente. Era verdad lo que decía Ismael. Mamá estaba por todas partes. Mamá era Tatá y Coqui y el Negro y Nena y José y Monona. Mamá estaba en los ojos de la abuela, en el rostro de la tía Albita, en el amor de papá, en la sonrisa de la tía Dorita.

LA TÍA ALBITA regresó a su casa un lunes por la mañana. Lloramos mucho cuando la vimos partir. Ella nos prometió volver pronto. No queríamos que volviera de visita, lo que queríamos es que se quedara con nosotros para siempre. La tía Albita es dulce como lo era mamá. No grita y le gusta hacernos reír. A veces hace tales muecas que ella, que es tan linda, se vuelve fea. Una vez, José se puso a gritar de miedo cuando la tía Albita se volteó los párpados del revés. La verdad es que parecía el mismo diablo.

La abuela parece más triste desde que se fue la tía Albita. Ahora nos grita por cualquier cosa y se pelea todo el tiempo con papá. A veces, cuando entro en la cocina, veo que se seca rápido los ojos con la punta del delantal. La abrazo muy fuerte y le digo que la quiero.

—Yo también te quiero, Jana, a ti y a tus hermanos, pero...

—Pero ¿qué, abuelita?

—Las cosas son muy difíciles con tu papá.

No digo nada porque creo que no es sólo culpa de papá, sino también de la abuela. Mamá decía que ella servía de pararrayos entre los dos. Ahora que ella no está, me parece que no se pueden ni ver.

UN DÍA, LA ABUELA trató a papá de tacaño. Papá se puso furioso. Se gritaron. José y Monona se asustaron y se pusieron a llorar.

—¡Déjenos tranquilos! —exclamó papá tomando a mis hermanos en sus brazos.

—¡Eso es lo que voy a hacer! —dijo la abuela llorando.

La abuela se encerró en su cuarto y, desde ese día, no se volvieron a hablar. Una semana después, la abuela se fue para La Rochela, a casa de la tía Albita. Tatá y yo nos aferramos a ella llorando el día que se fue.

Nos quedamos solos con papá. La vida se ha vuelto mucho más dura para Tatá y para mí. Josefina viene a ayudarnos tres veces por semana, pero no es suficiente. Tenemos que cocinar, lavar, planchar, cuidar a los pequeños y, además, hacer las tareas que nos ponen en la escuela. Nena, José y Monona pasan los días en el vecindario mientras nosotras estamos en la escuela y papá en el trabajo. Un día van a casa de Ismael, otro a casa de la señorita Elvira, y a veces se quedan con Alicia, pero sólo cuando don Samuel no está, porque a él no le gustan los niños.

Fanny llegó un día por la mañana. Tiene diecisiete años. Es hija de un campesino amigo de Pacheco.

—Fanny va a ayudarnos de ahora en adelante —nos dijo papá.

—¿Va a vivir con nosotros? —preguntó Tatá.

—¡Pues claro! —respondió papá.

Tatá y yo nos miramos con los ojos brillantes. Apenas podíamos creerlo. Ya no tendríamos que lavar una montaña de vajilla al llegar de la escuela, ni ponernos a barrer la casa cuando el sol ni siquiera ha salido, ni planchar cuando ya es casi medianoche. Fanny nos cayó bien enseguida, no es para menos.

Fanny se encariñó muy pronto con Nena, José y Monona, y los tres empezaron a andar detrás de ella todo el tiempo. José la llama Ni.

Con el fin de curso llegó el fin de la escuela primaria para Tatá y para mí. Una noche, papá nos anunció que nos iríamos de vacaciones a la hacienda del tío Raimundo. Nos pusimos contentos, pero no como cuando nos anunciaba un viaje a La Rochela.

—¿Y por qué no vamos mejor a La Rochela? —le propuso Coqui.

Papá lo tomó por los hombros y le dijo:

—Este año no, Coqui. Me daría mucha tristeza ir allí sin tu mamá. ¿Recuerdas lo bien que lo pasamos cuando estuvimos allí con ella la última vez? Quizá más adelante iremos. Tenemos que crecer...

—Tú ya eres mayor —le dijo el Negro.

Papá sonrió. Y yo pensé que papá tenía razón. Teníamos que crecer. No, a mamá no le gustaría que nos quedáramos pequeños. Ella me había dicho una vez que crecer no tenía que ver sólo con hacerse más alto, que había que crecer con la cabeza y también con el corazón.

Por la tarde le pedí a Ismael que fuera a buscar el libro de poemas del escritor que había sido amigo de su papá. Nos sentamos a leerlo en la acera mientras, arriba, el cielo empezaba su danza del fuego.

EL BARCO DE VAPOR

SERIE ROJA (a partir de 12 años)